楊絳

走到人生邊上

——自問自答

新人間叢書

親愛的臺灣和香港、澳門的讀者：

在我的心眼裏，臺灣和香港、澳門的同胞與大陸的同胞都是一家人。我們有共同的祖宗，血統相同。我們是同一大家庭裏培育出來的，有共同的文化、共同的傳統，共同的語言文字。一家人的思想感情天生是親近的。

我這薄薄一本小書，是一連串的自問自答，不講理論，不談學問，只是和親近的人說說心上話、家常話。我說的有理沒理，是錯是對，還請敬愛的讀者批評指教。

楊絳

二〇〇七年九月十五日

注釋

自序

二〇〇五年一月六日，我由醫院出院，回三里河寓所。我是從醫院前門出來的。如果由後門太平間出來，我就是「回家」了。

躺在醫院病床上，我直在思索一個題目：《走到人生邊上》。一回家，我立即動筆爲這篇文章開了一個頭。從此我好像著了魔，給這個題目纏住了，想不通又甩不開。我尋尋覓覓找書看，從曾經讀過的中外文書籍——例如《四書》《聖經》，到從未讀過的，手邊有的，或請人借的——例如美國白璧德（Irving Babbitt 1865-1933）的作品，法國布爾熱（Paul Bourget 1852-1935）的《死亡的意義》。讀書可以幫我思索，可是我這裏想通了，那裏又堵死了。

年紀不饒人。我又老又病又忙。我應該是最清閒的人，既不管家事，又沒人需我照顧。可是老人小輩多，小輩又生小輩，好朋友的兒女又都成了小一輩的朋友。承他們經常關心，近在北京、遠在國外的，過年過節，總來看望我。我雖然閉門謝客，親近的戚友和許許多多小輩們，隨時可以衝進門來。他們來，我當然高興，但是我的清閒就保不住了。

至於病，與老年相關的就有多種，經常的是失眠、高血壓、右手腱鞘炎不能寫字等等。不能寫字可以用腦筋，可是血壓高了，失眠加劇，頭暈暈地，就不能用腦筋，也不敢用腦筋，怕中風，再加外來的干擾，都得對付，還得勞心。

《走到人生邊上》這個題目，偏又纏住人不放。二〇〇五年我出醫院後擅自加重降壓的藥，效果不佳，經良醫為我調整，漸漸平穩。但是我如果這天精神好，想動筆寫文章，親友忽來問好，這半天就荒廢了。睡不足，勉強工作，往往寫半個字，另一半就忘了，查字典吧，我普通話口音不準，往往查不到，還得動腦筋拐著彎兒找。字越寫越壞。老人的字愛結成一團，字不成字，我也快有打結子的傾向了。

思路不通得換一條路再想，我如能睡個好覺，頭腦清楚，我就呆呆地坐著轉念頭。吃也忘了，睡也忘了，一坐就是半天，往往能想通一些問題。眞沒想到我這一輩子，腦袋裏全是想不通的問題。這篇短短的小文章，竟費了我整整兩年半的時光。廢稿寫了一大疊，才寫成了四萬多字的《自問自答》。

在思索的過程中，發現幾個可寫散文的題目。我寫下了本文的草稿，就把這幾篇散文寫成《注釋》，因爲都是注釋本文的。費心的是本文，是我和自己的老、病、忙鬥爭中掙扎著寫成的。

古羅馬皇帝馬可．奧勒留（Marcus Aurelius 121-180）的《自省錄》是他和鄰邦交戰中寫成的。我的《自問自答》是我和自己的老、病、忙鬥爭中寫成的。在鬥爭中掙扎著寫，也不容易。拉一位古代的大皇帝作陪，聊以自豪吧！

九十六歲的楊絳

二〇〇七年八月十五晚

走到人生邊上

——自問自答

前言

我已經走到人生的邊緣邊緣上，再往前去，就是「走了」，「去了」，「不在了」，「沒有了」。中外一例，都用這種種詞兒軟化那個不受歡迎而無可避免的「死」字。

「生、老、病、死」是人生的規律，誰也逃不過。雖說：「老即是病」，老人免不了還要生另外的病。能無疾而終，就是天大的幸運；或者病得乾脆利索，一病就死，也都稱好福氣。活著的人儘管捨不得病人死，但病人死了總說「解脫了」。解脫的是誰呢？總不能說是病人的遺體吧？這個遺體也決不會走，得別人來抬，別人來埋。活著的人都祝願死者「走好」。人都死了，誰還走呢？

遺體以外還有誰呢？換句話說，我死了是我擺脫了遺體？還能走？怎麼走好？走哪裏去？

我想不明白。我對想不明白的事，往往就擱下不想了。可是我已經走到了人生邊上，自己想不明白，就想問問人，而我可以問的人都已經走了。這類問題，只在內心深處自己問自己，一般是不公開討論的。我有意無意，探問了近旁幾位七十上下的朋友。朋友有親有疏，疏的只略一探問。

沒想到他們的回答很一致，很肯定，都說人死了就是沒有了，什麼都沒有了。雖然各人說法不同，口氣不同，他們對自己的見解都同樣堅信不疑。他們都頭腦清楚，都是先進知識分子。我提的問題，他們看來壓根兒不成問題。他們的見解，我簡約地總結如下：

「老皇曆了！以前還要做水陸道場超度亡靈呢！子子孫孫還要祭祀『作饗』呢！現在誰還迷信這一套嗎？上帝已經死了。這種神神鬼鬼的話沒人相信了。人死留名，雁過留聲，人世間至多也只是留下些聲名罷了。」

「人死了，剩下一個臭皮囊，或埋或燒，反正只配肥田了。形體已經沒有了，生命還能存在嗎？常言道：『人死燭滅』，蠟燭點完了，火也滅了，還剩什麼呢？」

「人生一世，草生一秋。草黃了，枯了，死了。不過草有根，明年又長出來。人也一樣，下一代接替上一代，代代相傳吧。一個人能活幾輩子嗎？」

「上帝下崗了，現在是財神爺坐莊了。誰叫上帝和財神爺勢不兩立呢！上帝能和財神爺較量嗎？人活一輩子，沒錢行嗎？掙錢得有權有位。爭權奪位得靠錢。稱王稱霸只爲錢。你是經濟大國，國際間才站得住。沒有錢，只有死路一條。咱們現在居然『窮則變，變則通了』，知道最要緊的是理財。人生一世，無非掙錢、花錢、享受，死了能帶走嗎？」

「人死了就是沒有了，什麼都沒有了。還有不死的靈魂嗎？我壓根兒沒有靈魂，我生出來就是活的，就得活到死，儘管活著沒意思，也無可奈何。反正好人總吃虧，壞人總占便宜。這個世界是沒有公道的，不講理的，可是有什麼辦法呢，什麼都不由自主呀。我生來是好人，沒本領做惡人，吃虧就吃虧吧。儘量做些能做的事，就算沒有白活了。」

「我們這一輩人，受盡委屈、吃盡苦楚了。從古以來，多少人『搔首問青天』，可是『青天』，它理你嗎？聖人以神道設教，『愚民』又『馭民』，我們不願再受騙了。迷信是很方便的，也頂稱心。可是『人民的鴉片』畢竟是麻醉劑呀，誰願意做『癮君子』呢。說什麼『上帝慈悲』，慈悲的上帝在幹什麼？他是不管事還是沒本領呀？這種昏聵無能的上帝，還不給看破了？上帝！哪有上帝？」

「我學的是科學。我只知道我學的這門學科。人死了到哪裏去是形而上學，是哲學問題，和我無關。我只知道人死了就什麼都沒有了。」

他們說話的口氣，比我的撮述較為委婉，卻也夠叫我慚愧的。老人糊塗了！但是我仔細想想，什麼都不信，就保證不迷嗎？他們自信不迷，可是他們的見解，究竟迷不迷呢？

第一，比喻只是比喻。比喻只有助於表達一個意思，並不能判定事物的是非虛實。「人生一世，草生一秋」只藉以說明人生短暫。我們也向人祝願「如松之壽」、「壽比南山」等等，都只是比喻罷了。

「人死燭滅」或「油乾燈燼」，都是用火比喻生命，油或脂等燃料比喻軀體。但另一個常用的比喻「薪盡火傳」也是把火比喻生命，把木柴比喻軀體。脂、油、木柴同是燃料，同樣比作軀體。但「薪盡火傳」卻是說明軀體消滅後，生命會附著另一個軀體繼續燃燒，恰恰表達靈魂可以不死。這就明確證實比喻不能用來判斷事物的眞僞虛實。比喻不是論斷。

第二，名與實必須界說分明。老子所謂「名可名，非常名。」如果名與實的界說不明確，思想就混亂了。例如「我沒有靈魂」云云，是站不住的。人死了，靈魂是否存在是一個問題。活人有沒有靈魂，不是問題，只不過「靈魂」這個名稱沒有定規，可有不同的名稱。活著的人總有生命——不是蟲蟻的生命，不是禽獸的生命，而是人的生命，我們也稱「一條人命」。自稱沒有靈魂的人，決不肯說自己只有一條狗命。常言道：「人命大似天」或「人命關天」。人命至關重要，殺人一命，只能用自己的生命來抵償。「一條人命」和「一個靈魂」實質上有什麼區別呢？英美人稱 soul，古英文稱 ghost，法國人稱 âme，西班牙人稱 alma，辭典上都譯作靈魂。靈魂不就是人的生命嗎？誰能沒有生命呢？

又例如「上帝」有衆多名稱。「上帝死了」，死的是哪一門子的上帝呢？各民族、各派別的宗教，都有自己的上帝，都把自己信奉的上帝稱眞主，稱唯一的上帝，把異教的上帝稱邪神。有許多上帝有偶像，並且狀貌不同。也有沒有偶像的上帝。這許多既是眞主，又是邪神，有偶像和無偶像的上帝，全都死了嗎？

人在急難中，痛苦中，煩惱中，都會呼天、求天、問天，中外一例。上帝應該有求必應，有問必答嗎？如果不應不答，就證明沒有上帝嗎？

耶穌受難前夕，在葡萄園裏禱告了一整夜，求上帝免了他這番苦難，上帝答理了嗎？但耶穌失去他的信仰了嗎？

中國人絕大部分是居住農村的農民。他們的識見和城市裏的先進知識分子距離很大。我曾下過鄉，也曾下過幹校，和他們交過朋友，能瞭解他們的思想感情，也能認識他們的人品性格。他們中間，當然也有高明和愚昧的區別。一般說來，他們的確思想很落後。但他們都是在大自然中生活的。他們的經歷，先進的知識分子無緣經歷，不能一概斷爲迷信。以下記錄的，都是篤實誠樸的農民所講述的親身經歷。

「我有夜眼，不愛使電棒，從年輕到現在六七十歲，慣走黑路。我個子小，力氣可大，啥也不怕。有一次，我碰上『鬼打牆』了。忽然的，眼前一片漆黑，什麼都看不見，只看到旁邊許多小道。你要走進這些小道，會走到河裏去。這個我知道。我就發話了：『不讓走了嗎？好，我就坐下。』我摸著一塊石頭就坐下了。我掏出煙袋，想抽兩口煙。可是火柴劃不亮，劃了十好幾根都不亮。碰上『鬼打牆』，電棒也不亮的。我說：『好，不讓走就不走，咱倆誰也不犯誰。』我就坐在那裏。約莫坐了半個多時辰，那道黑牆忽然沒有了。前面的路，看得清清楚楚。我就回家了。碰到『鬼打牆』就是不要亂跑。他看見你不理，沒辦法，只好退了。」

我認識一個二十多歲農村出身的女孩子。她曾讀過我記的《遇仙記》（參看《楊絳文集》第二卷二二八—二三三頁。人民文學出版社二〇〇四年版），問我那是怎麼回事。我說：「不知道，但都是實事。全宿舍的同學、老師都知道。我活到如今，從沒有像那夜睡得像死人一樣。」她說：「眞的，有些事，說來很奇怪，我要不是親眼看見，我決不相信。我見過鬼附在人身上。這鬼死了兩三年了，死的時候四十歲。他的女兒和我同歲，也是同學。那年，挨著我家院牆北面住的女人剛做完絕育手術，身子很弱。這個男鬼就附在這女人身上，自己說『我是誰誰誰，我要見見我的家人，和他們說說話。』有人就去傳話了。他家的老婆、孩子都趕來了。這鬼流著眼淚和家裏人說話，聲音全不像女人，很粗壯。我媽是村上的衛生員，當時還要爲這女人打消炎針。我媽過來了，就掐那女人的上嘴唇——叫什麼『人中』吧？可是沒用。我媽硬著膽子給她打了消炎針。這鬼說：『我沒讓你掐著，我溜了。嫂子，我今兒晚上要來嚇唬你！』我家晚上就聽得嘩啦啦的響，像大把沙子撒在牆上的響。響了兩次。我爹就罵了：『深更半夜，鬧得人不得安寧，你王八蛋！』那鬼就不鬧了。我那時十幾歲，記得那鬼鬧了好幾天，不時地附在那女人身上。大約她身子健朗了，鬼才給趕走。」

在「餓死人的年代」，北京居民只知道「三年自然災害」。十年以後，我們下放幹校，才知道不是天災。村民還不大敢說。多年後才聽到村裏人說：「那時候餓死了不知多少人，村村都是死人多，活人少，陽氣壓不住陰氣，快要餓死的人往往夜裏附上了鬼，又哭又說。其實他們只剩一口氣了，沒力氣說話了。可是附上了鬼，就又哭又說，都是新餓死的人，哭著訴苦。到天亮，附上鬼的人也多半死了。」

鬼附人身的傳說，我聽得多了，總不大相信。但仔細想想，我們常說：「又做師娘（巫婆）又做鬼」，如果從來沒有鬼附人身的事，就不會有冒充驅鬼的巫婆。所以我也相信莎士比亞的話：這個世界上，莫名其妙的事多著呢。

《左傳》也記載過鬧鬼的事。春秋戰國時，鄭國二貴冑爭權。一家姓良，一家姓駟。良家的伯有驕奢無道，駟家的子晳一樣驕奢，而且比伯有更強橫。子晳是老二，還有個弟弟名公孫段附和二哥。子晳和伯有各不相下。子晳就叫他手下的將官駟帶把伯有殺了。當時鄭國賢相子產安葬了伯有。子晳擅殺伯有是犯了死罪，但鄭國的國君儒弱無能，子產沒能夠立即執行國法。子晳隨後兩年裏又犯了兩樁死罪。子產本要按國法把他處死，但開恩讓他自殺了。

伯有死後化爲厲鬼，六七年間經常出現。據《左傳》，「鄭人相驚伯有」，只要聽說「伯有至矣」，鄭國人就嚇得亂逃，又沒處可逃。伯有死了六年後的二月間，有人夢見伯有身披盔甲，揚言：「三月三日，我要殺駟帶。明年正月二十八日，我要殺公孫段。」那兩人如期而死。鄭國的人越加害怕了。子產忙爲伯有平反，把他的兒子「立以爲大夫，使有家廟」，伯有的鬼就不再出現了。

鄭子產出使晉國。晉國的官員問子產：「伯有猶能爲鬼乎？」（因爲他死了好多年了。）子產曰：「能。」他說：老百姓橫死，鬼魂還能鬧，何況伯有是貴冑的子孫，比老百姓強橫。他安撫了伯有，他的鬼就不鬧了。

我們稱鬧鬼的宅子爲凶宅。錢鍾書家曾租居無錫留芳聲巷一個大宅子，據說是凶宅。他叔叔夜晚讀書，看見一個鬼，就去打鬼，結果大病了一場。我家一九一九年從北京回無錫，爲了找房子，也曾去看過那所凶宅。我記得爸爸對媽媽說：「凶宅未必有鬼，大概是房子陰暗，住了容易得病。」

但是我到過一個並不陰暗的凶宅。我上大學時，我和我的好友周芬有個同班女友是常熟人，家住常熟。一九三一年春假，她邀我們遊常熟，在她家住幾天。我們同班有個男同學是常熟大地主，他家剛在城裏蓋了新房子。我和周芬等到了常熟，他特來邀請我們三人過兩天到他新居吃飯，因爲他媽媽從未見過大學女生，一定要見見，酒席都定好了，請務必賞光。我們無法推辭，只好同去赴宴。

新居是簇新的房子，陽光明亮，陳設富麗。他媽媽盛裝迎接。同席還有他爸爸和攣生的叔叔，相貌很相像；還有個瘦弱的嫂子帶著個淘氣的胖侄兒，還有個已經出嫁的妹妹。據說，那天他家正式搬人新居。那天想必是挑了「宜遷居」的黃道吉日，因爲搬遷想必早已停當，不然的話，不會那麼整潔。

回校後，不記得過了多久，我又遇見這個男同學。他和我們三人都不是同系，不常見面。他見了我第一事就告訴我他們家鬧鬼，鬧得很凶。嫂子死了，叔叔死了，父母病了，所以趕緊逃回鄉下去了。據說，那所房子的地基是公共體育場，沒知道原先是處決死囚的校場。我問：「鬼怎麼鬧？」他說：「一到天黑，樓梯上腳步聲上上下下不斷，滿處咳吐吵罵聲，不知多少鬼呢！」我說：「你不是在家住過幾晚嗎？你也聽到了？」他說他只住了兩夜。他像他媽媽，睡得濃，只覺得城裏不安靜，睡不穩，春假完了就回校了。鬧鬼是他嫂子聽到的，先還不敢說。他叔叔也聽到了。嫂子病了兩天，也沒發燒，無緣無故地死了。才過兩天，叔叔也死了，他爹也聽到鬧，父母都病了。他家用男女兩個傭人，男的管燒飯，是老家帶出來的，女的是城裏雇的。女的住樓上，男的住樓下，上下兩間是樓上樓下，都在房子西盡頭，樓梯在東頭，他們都沒事。家裏突然連著死了兩人，棺材是老家帳房雇了船送回鄉的。還沒辦喪事，他父母都病了。體育場原是校場的消息是他妹妹的婆家傳來的。他妹妹打來電話，知道父母病，特來看望。開上晚飯，父母都不想吃。他妹妹不放心，陪了一夜。他的侄兒不肯睡挪入爺爺奶奶屋的小床，一定要睡爺爺的大床。他睡爺爺腳頭，夢裏老說話。他妹妹和爹媽那晚都聽見家裏鬧鬼了。他們屋裏沒敢關電燈。妹妹睡她媽媽腳頭。到天亮，他家立即雇了船，收拾了細軟逃回鄉下。他們搬入新居，不過七、八天吧，和我們同席吃飯而住在新居的五個人，死了兩個，病了兩個，不知那個淘氣的胖侄兒病了沒有。這位同學是謹小慎微的好學生，連黨課《三民主義》都不敢逃課的，他不會撒謊胡說。

我自己家是很開明的，連灶神都不供。我家蘇州的新屋落成，灶上照例有「灶君菩薩」的神龕。年終糖瓜祭灶，把灶神送上天了。過幾天是「接灶」日。我爸爸說：「不接了。」爸爸認爲灶神相當於「打小報告」的小人，吃了人家的糖瓜，就說人家好話。這種神，送走了正好，還接他回來幹嗎？家裏男女傭人聽說灶神不接了，都駭然。可是「老爺」的話不敢不聽。我家沒有灶神，幾十年都很平安。

可是我曾經聽到開明的爸爸和我媽媽講過一次鬼。我聽大姊姊說，我的爺爺曾做過一任浙江不知什麼偏僻小縣的縣官。那時候我大姊年幼，還不大記事。只有使她特別激動的大事才記得。那時我爸爸還在日本留學，爸爸的祖父母已經去世，大伯母一家、我媽媽和大姊姊都留在無錫，只爺爺帶了奶奶一起離家上任。大姊姊記得他們坐了官船，扯著龍旗，敲鑼打鼓很熱鬧。我聽到爸爸媽媽講，我爺爺奶奶有一天黃昏後同在一起，兩人同時看見了我的太公，兩人同時失聲說：「爹爹喂」，但轉眼就不見了。隨後兩人都大病，爺爺趕忙辭了官，攜眷乘船回鄉。下船後，我爺爺未及到家就嚥了氣。

這件事，想必是我奶奶講的。兩人同時得重病，我爺爺未及到家就嚥了氣，是過去的事實。見鬼是得病還鄉的原因。我媽媽大概信了，我爸爸沒有表示。

以上所說，都屬「怪、力、亂、神」之類，我也並不愛談。我原是舊社會過來的「老先生」——這是客氣的稱呼。實際上我是老朽了。老物陳人，思想落後是難免的。我還是晚清末代的遺老呢！

可是爲「老先生」改造思想的「年輕人」如今也老了。他們的思想正確嗎？他們的「不信不迷」使我很困惑。他們不是幾個人。他們來自社會各界：科學界、史學界、文學界等，而他們的見解卻這麼一致、這麼堅定，顯然是代表這一時代的社會風尙，都重物質而懷疑看不見、摸不著的「形而上」境界。他們下一代的年輕人，是更加偏離「形而上」境界，也更偏重金錢和物質享受的。他們的見解是否正確，很値得仔細思考。

我試圖擺脫一切成見，按照合理的規律，合乎邏輯的推理，依靠實際生活經驗，自己思考。我要從平時不在意的地方，發現問題，解答問題；能證實的予以肯定，不能證實的存疑。這樣一步一步自問自答，看能探索多遠。好在我是一個平平常常的人，無黨無派，也不是教徒，沒什麼條條框框干礙我思想的自由。而我所想的，只是淺顯的事，不是專門之學，普通人都明白。

我正站在人生的邊緣邊緣上，向後看看，也向前看看。向後看，我已經活了一輩子，人生一世，爲的是什麼呢？我要探索人生的價值。向前看呢，我再往前去，就什麼都沒有了嗎？當然，我的軀體火化了，沒有了，我的靈魂呢？靈魂也沒有了嗎？有人說，靈魂來處來，去處去。哪兒來的？又回哪兒去呢？說這話的，是否意味著靈魂是上帝給的，死了又回到上帝那兒去。可是上帝存在嗎？靈魂不死嗎？

一　神和鬼的問題

現在崇尚科學，時髦的口號是「上帝已經死了」。說到信念，就是唯心，也就是迷信了。唯心，可以和迷信畫上等號嗎？現在思想進步的人，也講「眞、善、美」。「眞、善、美」看得見嗎？摸得著嗎？看不見、摸不著的，不是只能心裏明白嗎？信念是看不見的，只能領悟。從「知」到「悟」，有些距離，但並非不能逾越的，只是小小一步飛躍，認識從「量變」進而爲「質變」罷了。是不是「迷」，可以笨笨實實用合理的方法和邏輯的推理來反證。比如說吧，假如我相信大自然有規律，我這點信念出於我累積的知識。我看到一代代科學家已發現了許多規律。規律可能是錯誤的（如早期關於天體運行的規律），可以推翻；規律可能是不全面的，可以突破，可以補充。反過來說，大自然如果沒有規律，科學家又何從探索？何從發現？又何從證實呢？大自然有規律這點信念，是由知識的累積，進一步而領悟的。然後又由反證而肯定。相信大自然有規律，能說是迷信嗎？是否可以肯定不是迷信呀？

科學愈昌明，自然界的定律也發現得愈多，愈精密。一切定律（指經過考驗，全世界科學家都已承認的定律），不論是有關天文學、物理學、生物學等等，每一學科的定律，都融會貫通，互相補充，放之四海而皆準。我相信這個秩序井然的大自然，不可能是偶然，該是有規劃、有主宰的吧？不然的話，怎能有這麼多又普遍又永恆的定律呢？

有人說，物質在突發的運動中，動出了定律。但科學的定律是多麼精確，多麼一絲不苟，多麼普遍一致呀！如果物質自己能動出這麼精密的定律來，這物質就不是物質而有靈性了，該是成了精了。但精怪各行其道，不會動出普遍一致的定律來。大自然想必有神明的主宰，物質按他的規定運動。所以相信大自然的神明，是由累積的知識，進而成爲信念，而這個信念，又經過合理的反證，好像不能推翻，只能肯定。相信大自然的神明，或神明的大自然，我覺得是合乎理性的，能說是迷信嗎？

大自然的神明，或神明的大自然，按我國熟悉的稱呼，就稱「天」，老百姓稱老天爺或天老爺，文雅些稱「上天」、「天公」、「上蒼」。名稱不同，所指的實體都是相同的。

例如孔子曰：「天何言哉？四時行焉，百物生焉，天何言哉？」（《陽貨十七》）「吾誰欺，欺天乎？」（《子罕第九》）「知我者，其天乎！」（《憲問十四》）「獲罪於天，無所禱也。」（《八佾第三》）「天生德於予，……」（《述而第七》）以上只是略舉幾個《論語》裏的「天」，不就是指神明的大自然或大自然的神明嗎？

有人因爲《論語》樊遲問知，子曰：「敬鬼神而遠之。」（《雍也第六》）就以爲孔子對鬼神敬而遠之。但孔子對鬼神並不敬而遠之。《中庸》第十六章，子思轉述孔子的話：「鬼神之爲德，其盛矣乎！視之而弗見，聽之而弗聞，體物而不可遺；使天下之人齊明盛服以承祭祀，洋洋乎如在其上，如在其左右。《詩》曰：『神之格思，不可度思，矧可射思。』」又，《中庸》第一章：「莫見乎隱，莫顯乎微，故君子慎其獨也。」

《中庸》所記的話，我按注解解釋如下。第十六章說：「祭祀的時候，鬼神雖然看不見，聽不見，萬物都體現了神靈的存在；祭祀的時候，神靈就在你頭頂上，就在你左右」；接著引用《詩經．大雅．抑》之篇：「神來了呀，神是什麼模樣都無從想像，我們哪敢怠慢呀。」這幾句詩，表達了對神的敬畏。《中庸》第一章裏說：「最隱蔽的地方，最微小的事，最使你本相畢露；你以爲獨自一人的時候沒人看見，就想放肆啦？小心呀！君子在獨自一人的時候特別謹慎。」

讀《論語》，可以看到孔子對每個門弟子都給予適當的答覆。問同樣的問題，從沒有同樣的回答。這是孔子因人施教。樊遲是個並不高明的弟子。他曾問孔子怎樣種田，怎樣種菜。孔子說他不如老農，不如老圃。接下說「小人哉，樊須也！」（《子路十三》）。一次，樊遲問知（智），（《顏淵十二》）子曰：「知人。」樊遲不懂，問這話什麼意思？孔子解釋了一通。他還是不懂，私下又把夫子的解釋問子夏。他大概還是沒懂，又一次問知，孔子曰：「敬鬼神而遠之。」這回他算是懂了吧，沒再問。可是《論語》和《中庸》裏所稱的「鬼神」，肯定所指不同。《中庸》裏的「鬼神」，能「敬而遠之」嗎？《中庸》和《論語》講「鬼神」的話，顯然是矛盾的。那麼，我們相信哪一說呢？

孔子十九歲成家，二十歲生鯉，字伯魚。伯魚生伋，字子思。伯魚先孔子死。據《史記．孔子世家》，伯魚享年五十。那麼，孔子已經七十歲了。而顏淵還死在他死以後。子路又死在顏淵之後，孔子享年七十三。他七十歲以後經歷了那麼多喪亡嗎？而伯魚幾歲得子，沒有記載。孔子去世時子思幾歲，無從考證。反正孔子暮年喪伯魚之後，子思是他唯一的孫兒。孔子能不教他嗎？孔子想必愛重這個孫兒。他如果年歲已長，當然會跟著祖父學習。當時孔子的門弟子已有兩位相當於助教的有若和曾參，稱有子、曾子。子思師事曾參。如果他當時已有十五、六歲，他是後輩，師事助教是理所當然。如果他還幼小，孔子一定把他託付給最信賴的弟子。

曾參顯然是他最貼心的弟子。試看他們倆的談話。孔子說：「參乎！吾道一以貫之。」曾子曰：「唯。」孔子走了，門人問曾子，夫子什麼意思？曾子曰：「夫子之道，忠恕而已矣。」（《里仁第四》）哪個門弟子能這麼瞭解孔子呢？

子思可能直接聽到過祖父的教誨，也可能由曾參傳授。

《論語》子貢曰：「夫子之言性與天道，不可得而聞也」（《公冶長第五》）。這不過說明，孔子對有些重要的問題，不輕易和門弟子談論。子思作《中庸》，第一章開宗明義就說：「天命之謂性，率性之謂道。」這是孔子的大道理，也是他的心裏話，如果不是貼心的弟子，是聽不到的。子思怕祖父的心裏話久而失傳，所以作《中庸》。這是多麼鄭重的事，子思能違反祖父的心意而隨意亂說嗎？

「鬼神」二字，往往並稱。但《中庸》所謂「鬼神」，從全篇文字和引用的詩，說的全是「神」。「洋洋乎如在其上，如在其左右」，就是《論語》「祭神如神在」的情景。所謂神，也就是《論語》裏的天，也就是我所謂大自然的神明。加上子思在《中庸》裏所說的話，就點染得更鮮明了。神是無所不在，無所不見，無所不知的。能「敬而遠之」嗎？神就在你身邊，決計是躲不開的。

孔子每次答弟子的問題，總有針對性。樊遲該是喜歡談神說鬼，就叫他「敬鬼神而遠之」。這裏所說的「鬼神」，是鬼魅，決不是神。我國的文字往往有兩字並用而一虛一實的。「鬼神」往往並用。子思在《中庸》裏用的「鬼神」，「鬼」是陪用，「鬼」虛而「神」實。「敬鬼神而遠之」，「神」是陪用，「神」字虛而「鬼」字實。（參看《管錐編》第一冊《周易正義》二一《繫辭》五——九三—九五頁。三聯書店二〇〇一年一月版）鬼魅宜敬而遠之。幾個人相聚說鬼，鬼就來了。西方成語：「說到魔鬼，魔鬼就來。」我寫的《遇仙記》就是記我在這方面的經驗。

我早年怕鬼，全家數我最怕鬼，卻又愛面子不肯流露。爸爸看透我，笑稱我「活鬼」——即膽小鬼。小妹妹楊必護我，說絳姊只是最敏感。解放後，錢鍾書和我帶了女兒又回清華，住新林院，與堂姊保康同宅。院系調整後，一再遷居，遷入城裏。不久我生病，三姊和小妹楊必特從上海來看我。楊必曾於解放前在清華任助教，住保康姊家。我解放後又回清華時，楊必特地通知保康姊，請她把清華幾處衆人說鬼的地方瞞著我，免我害怕。我既已遷居城裏，楊必就一一告訴我了。我知道了非常驚奇。因爲凡是我感到害怕的地方，就是傳說有鬼的地方。例如從新林院寓所到溫德先生家，要經過橫搭在小溝上的一條石板。那裏是日寇屠殺大批戰士或老百姓的地方。一次晚飯後我有事要到溫德先生家去。鍾書已調進城裏，參加翻譯《毛選》工作，我又責令錢瑗早睡。我獨自一人，怎麼也不敢過那條石板。三次鼓足勇氣想衝過去，卻像遇到「鬼打牆」似的，感到前面大片黑氣，阻我前行，只好退回家。平時我天黑後走過網球場旁的一條小路，總覺寒凜凜地害怕，據說道旁老樹上曾吊死過人。據說蘇州廟堂巷老家有幾處我特別害怕，都是傭人們說神說鬼的地方。我相信看不見的東西未必不存在。城裏人太多了，鬼已無處可留。農村常見鬼，鄉人確多迷信，未必都可信。但看不見的，未必都子虛烏有。有人不信鬼（我爸爸就不信鬼），有人不怕鬼（鍾書和錢瑗從來不怕鬼）。但是誰也不能證實人世間沒有鬼。因爲「沒有」無從證實；證實「有」，倒好說。我本人只是怕鬼，並不敢斷言自己害怕的是否實在，也許我只是迷信。但是我相信，我們不能因爲看不見而斷爲不存在。這話該不屬迷信吧？

有人說，我們的親人，去世後不再回家，不就證明鬼是沒有的嗎？我認爲，身後的事，無由得知，我的自問自答，只限於今生今世。

二　有關人的問題

有關人的問題，我不妨從最親切、最貼身的「我」問起，就發現一連串平時沒想到的問題。

「我」，當然不指我個人，「我」是一切人的代名詞。如問「我」是誰？答「我」是人——人世間每個具體的人。每個具體的人，統稱人。這是一個抽象的代名詞。具體各別的人，數說不盡，我們只用一個抽象的「人」字，代表一切具體的人，我經常受到批判：「只有具體的人。沒有抽象的人，單用一個『人』字，是抹殺了人的階級性。」抽象的代名詞，當然不是具體的人，但每個自稱「我」的人，都是具體的人，不同階級，不同職業，不同區域，不同時代的一個個具體的人，都自稱「我」，所以可以說：「我」是人——人世間每一個具體的人。

（一）人有靈魂

我首先要說，人有靈魂。每個人都有一個身體，而身體具有生命，稱靈魂。靈魂是看不見的，但身體有沒有生命卻顯而易見。死屍和活人的區別看得出，摸得著。所以每個活著的人，有肉體，也具有生命。上文已經說過，人的生命不是草木、蟲蟻的生命，也不是禽獸的生命，我們稱一條人命或一個靈魂；名稱不同而所指同是人的生命。下文我避免用「一條人命」而採用「一個靈魂」，因爲在我國文字裏，「命」字有兩重意義。生命（life）稱命；命運（fate）也稱命，例如「薄命」、「貧賤命」、「命大」、「生死有命」等。同一個字而所指不同，在思維的過程中容易引起混亂，導致錯誤。靈魂是否不滅，可以是問題；而活著的人都有生命或靈魂，是不成問題的。可以肯定說：人有兩部分，一是看得見的身體，一是看不見的靈魂。這不是迷信，是不可否認的事實。

(二) 人有個性

人的體質不同，性情各別。古希臘醫學家認爲人的性情取決於這人身體裏某種液體的過剩。人的個性分四種類型：多血的性情活潑，多痰的性情滯緩，多黃膽汁的易怒，多黑膽汁的憂鬱。歐洲人一直沿用這種分類。我們所謂「個性」，也稱「性子」，也稱「脾氣」。活潑的我們稱外向，滯緩的我們稱慢性子，易怒的稱急性子或脾氣躁，憂鬱的稱內向。不過這種分類，只是粗粗地歸納，沒多大意義，因爲每一種類型包含許多不同的性情呢。急性子有豪爽的，敏捷的，冒失的，也有粗暴的。慢性子有沉靜的，穩重的，死板的，也有傻呆的。反正性情脾氣各人各樣，而且各種類型的區別，也不能一刀切。有人內向，同時又是慢性子或急性子。我只求說明：體質不同，性情各別。老話：一棵樹上的葉子葉葉不同，人性之不同各如其面。按腦科專家的定論，各人的腦子，各不相同。常言道：一個人，一個性；十個人，十個性。即使是同胞雙生，面貌很相似，性情卻迥不相同。

個性是天生的，到老不變。有修養的人可以約束自己。可是天生的急性子不能約束成慢性子；慢性子也不能修養成急性子。嬰兒初生，啼聲裏就帶出他的個性。急性子哭聲躁急，慢性子哭聲悠緩。從生到死，個性不變。老話：「從小看看，到老一半」；「江山易改，本性難移」；「七十二變，本性難變」。塞萬提斯在他名著《堂·吉訶德》裏多次說：老話成語，是人類數千年智慧的結晶。韓非子說：「古無虛諺。」（《管錐編》（一）下，七一六頁。三聯書店二〇〇一年版）他們的話確是不錯的。

我曾當過三年小學教員，專教初小一、二年級。我的學生都是窮人家孩子，很野，也很難管。我發現小學生像《太平廣記》、《夷堅志》等神怪小說裏的精怪，叫出他的名字，他就降伏了。如稱「小朋友」，他覺得與他無關。所以我有必要記住每個學生的姓名。全班約四十人。我在排座位時自己畫個座位圖，記上各人的姓名。上第一堂課，記住第一批姓名。上第二堂課，記住第二批姓名。上第三堂課，全班的姓名都記熟。第一批記住的是最淘氣、或最乖、最可愛、最伶俐的，一般是個性最鮮明的。最聰明的孩子，往往在第二批裏，因爲聰明孩子較深沉，不外露。末一批裏，個性最模糊，一時分不清誰是誰，往往是班上最渾沌的。

我班上秩序最好。如有新來的教師管不了最低班，主任就央我換教低班，不照例隨級上升。所以我記住姓名的學生很多很多。三年共六個學期，我教過三、四班新生，從未見到個性相同的學生。

每個人天生有個性，個性一輩子不變，這是可以證實的。天地生人，人多得不可勝數。但所有的人指紋不同，筆跡不同，也是個性不同的旁證。

(三) 人有本性

1. 本性的意義

人有本性，指全人類共有的本性，而且是全人類所特有的。貓有貓性，狗有狗性，牛有牛性，狼有狼性，人也該有人性。人性是全人類所共有，同時也是全人類所特有的。不分貧富尊卑、上智下愚，只要是人而不是禽獸，普遍都有同樣的人性。

2. 什麼是人的本性？

(1)「食色性也」，不是指人的本性嗎？用「色」字就顯然指人而不指禽獸。因爲禽獸稱「發情」(性欲發動)，不稱「好色」。每個人都有肉體。有肉體就和其他動物同樣有獸性。不過人的獸性和其他動物不一樣。禽獸發情有季節，發情是爲了繁育後代。人類好色是不分季節的，而且沒個饜足。有三宮六院的帝王還自稱「寡人好色」哩。禽獸掠食只求饜足，掠食是爲了保全生命。人的食欲卻不僅僅是圖生存，還圖享受。人不僅要吃飽，還講究美食。孔子不是說「食不厭精，膾不厭細」嗎？（《鄉黨第十》）食與色，人之大欲，但人之大欲，不僅僅是爲了自身和後代的生存，還都圖享受呢。

(2)靈性良心。禽獸的天性不僅有食欲、性欲。禽獸都有良知良能，連蟲蟻也有，例如螞蟻做窠、蜂釀蜜、鵲營巢、犬守門，且忠於主人。人當然也有良知良能，不輸禽獸蟲蟻，而超越禽獸蟲蟻。

我國孔孟之道，主張人性本善。孟子說：「人之所不學而能者，其良能也。所不慮而知者，其良知也。」注解說：「良者，本然之善也。」就是說，不由人爲，天生就是好的。（《孟子．盡心》）注解的解釋，不如《孟子．告子》一章裏講得具體。孟子說：惻隱之心，羞惡之心，恭敬之心，是非之心，都是每個人都有的。人有惻隱、羞惡、恭敬、是非之心，就表示人有仁、義、禮、智等美德。這都不是外加的，而是原來就有的。接下來，孟子引《詩經．大雅．烝民》之篇：「天生烝民，有物有則，民之秉彝，好是懿德。」孔子稱讚這首詩：「爲此詩者，其知道乎？……民之秉彝也（就是說，這種美德是人性本來就有的），故好是懿德（就是說，所以愛這種美德）。」《孟子》下文把惻隱之心、羞惡之心等等「仁義之心」稱爲「良心」。並著重指出，人性中原本有「良心」，如果不保住「良心」，而隨它消失，「放其良心者，……則其違禽獸不遠矣。……」孔子曰：「操則存，舍則亡。……」注：操之則在此，舍之則失去。

從孔子、孟子的理論裏，我們可以看到，人類不僅有良知良能，而且超越禽獸，還有良心。良心就是惻隱之心、羞惡之心等等仁義之心。人性中天生有仁義禮智等道德心，稱良心。如果不能保住良心，隨它消失，就和禽獸一樣了。（荀子認爲人性本惡，這裏暫且不談，留待下文。）

西方人把「良知良能」稱「本能」或「本性」或「天性」，而「良心」亦稱「道德心」。就是說，每個人天生懂得是非、善惡等道德價値或標準，而在良心的督促下，很自然地追求眞理，追求完善，努力按照良心上的道德標準爲人行事。假如該做的不做，或做了不該做的事，就受到良心的譴責，內疚負愧。

（參見西方辭典上 instinct 和 conscience 條）我嫌這一堆解釋太囉嗦，試圖用一個融合中外而明白易曉的詞兒，概括以上一大堆解釋。禽獸都有良知良能。人的良知良能與禽獸不同而超越禽獸，我就稱爲「靈性良心」。「靈性」，是識別是非、善惡、美醜等道德標準的本能；「良心」是鼓動並督促爲人行事都遵守上述道德標準的道德心。「靈性良心」是並存的，結合「知」與「行」兩者。

下文我就使用「靈性良心」來代表人的良知良能了，並且也不用引號了。這是人所共有而又是人所特有的本性。凡是人，不論貧富尊卑、上智下愚，都有靈性良心。貧賤的人，道德品質絕不輸富貴的人。愚笨的人也不輸聰明人，他們同樣識得是非，懂得好歹。我認識好幾個一介不取於人而對錢財十分淡漠的人，他們都是極貧極賤，毫無學識的人。昧了良心，爲名爲利而爲非作歹的，聰明人倒比愚人多。務農的人往往比經商的老實。據農村的人說，山裏人最渾樸善良。鄉裏人和山裏人，並未受到特殊的教育，只是本性未受汙損。他們認爲人愈奸，心愈黑，愈得意發財。當然這也不能一概而論，但不分貧賤尊卑、上智下愚，都有靈性良心是肯定的。我不妨從親身經歷中，拈出一兩個實例。

我家曾收留過弱智低能的一男一女，都和我家門房同鄉，都沒有名字。我媽媽爲男的取名阿福，我們姊妹爲女的取名阿靈。阿福大約十四五歲，模樣只像八九歲的兒童。他得了好的東西都要留給他娘，我媽媽總說阿福有良心。門房有一整套小型木匠用具。阿福並沒人教，卻會找些木板，鋸呀、刨呀，把木板製成各式匣子，比猴子靈得多。後來他攢了錢被人騙走，離了我家，後悔不及，得了神經病，正也證明他是有靈性良心的。阿靈比阿福笨得多，數數只能數到二。她睡覺壓死了自己的頭胎兒子，氣得她的公婆、丈夫見了她就毒打。她自己覺得挨打是活該，毫無怨尤。家務事她啥也不會，我家女傭們一件件教她，她乖乖地學，漸漸能從二數到五、六、七，家務事也學會不少。一兩年後，她丈夫來接她回去，她歡天喜地，跟著回家了。如果是畜類，看見毒打牠的人，不會歡天喜地。她是有靈性良心的。阿福、阿靈都是下愚中的下愚，但畢竟是人，不是畜類。這兩個實例，只說明下愚的下愚，也有人性。阿靈比阿福笨，已接近畜類，比聰明的貓狗還不如，但他們畢竟是人。有很多聰明的父母，會生下全無智力的癡呆兒女；很聰明的姊妹兄弟間，會夾雜一個癡呆。這是父母最揪心的事。我認識好幾個有癡呆子女的媽媽。社會上有專收養癡呆的機構。有一個生了癡呆兒子的媽媽告訴我：「送他到那裏去，他也依依不捨地挨著我，不願離開媽媽。可是他會把自己的大便送進嘴裏吃，我實在看不過，只好硬硬心把他送走。」另一個生了癡呆兒子的媽媽，不忍把癡呆兒子送入專管癡呆的地方，只把他寄養在鄉間親戚家，也有留在家裏的。這種孩子一般只能活到八歲或十一歲左右，便夭折了。父母看他們活著也傷心，死也傷心，因爲畢竟是自己生的兒女啊。但他們雖具人形，卻是沒有長成的人，相當於未成品，不能指望他們有靈性了。其中也有長大成人的，我曾見過兩人，但不是朝夕相處，不熟悉。看來他們和阿福、阿靈相似，都善良，和家人親善，對外人也無惡意，也有或多或少的智力。在人與畜類的分界線上，得容許有些許混淆不分處吧？

我們也常說貓狗等畜類有靈性、有良心。但畜類的靈性，總和牠本性相屬，也受牠本性的限制。我見過一隻特靈的狗，是我上大學時期一位教師的伴侶。牠只要聽到主人一聲口哨，立即奔向主人。一次這位教師和同事十來個人一起出差，剛離開蘇州，就得急病死了。這隻狗當夜長嚎，淒厲如哭。大家說這是狗哭呀，會死人的。當時這位教師去世的消息還沒傳到呢。狗連夜哭，滴水不入口，沒幾天就餓死了。大家詫異說：這狗是不是知道主人死了呢？這狗眞忠心呀！但忠於主人是狗的本性，俗稱「犬馬之忠」。犬馬救主的傳說不少，某地還有一座「義犬冢」呢，筆記小說上都有記載。但是爲狗立冢的是人，不是狗；稱揚「犬馬之忠」的也是人，不是狗。狗嗅覺靈敏遠勝於人，能做人類所不能的事，但狗只是人所豢養、人所使用的牲畜。

我們會詫異某人毫無良心，說：「這傢伙的良心給狼吃了！」小時候，媽媽會責罵我們孩子「沒靈性！青肚皮猢猻！」這都說明，有靈性有良心是人所特有而且普遍共有的本性。凡是人，除了未成人的癡呆，雖屬下愚，也都有這點本性。

3.每個人具有雙重本性

人是靈魂與肉體的結合，靈與肉各有各的本性。「食色性也」是人的本性，靈性良心也是人的本性。這兩重本性是矛盾的，不相容的。我們可以從日常生活中看到這兩種不相容的本性。

初生的嬰兒只要吃足奶，拉了屎，撒了尿，換上乾淨的尿布，就很滿足地躺在床鋪上，啃著自己的拳頭或腳趾，自說自講，或和旁邊的親人有說有講，儘管說的話誰也不懂，嬰兒純是一團和愛。初生的嬰兒還不會笑，但夢裏會笑，法國人稱「天使的微笑」，做媽媽的多半見過，是無法形容的寧靜甜美。以後嬰兒能笑了，但不能笑出「天使的微笑」了。不過嬰兒的笑總是可愛又令人快樂的。嬰兒漸漸長大，能聽懂大人的讚許，也會劃手劃腳表示歡欣；假如聽到大人責罵，也會哭，或忍住不哭，嘴巴癟呀癟地表示委屈或無奈。一歲左右，都懂事了，不會說也會嗯嗯地比著指著示意。會說話了，會叫爸爸媽媽等親人了，這時什麼都懂，什麼都學。小娃娃最令人感到他有靈性良心。他知好歹，識是非，要好。他們還沒有代表個人意識的「自我」（self）。小娃娃都不會自稱「我」。大人怎麼稱呼他，如「寶寶」、「娃娃」、「毛毛」、「臭臭」之類，他們知道指的就是他們，就自稱「寶寶」、「娃娃」、「毛毛」、「臭臭」，還要加上一個「乖」；儘管「乖」字還不會說，咬著舌子也要自稱「乖」。我認識親友家不知多少「乖寶寶」或「乖毛毛」等娃娃呢。有人說，要好不是天性，是媽媽教的。小娃娃怎麼教呀？無非說：孩子要乖啊，要聽話啊。他們覺得這就是好。小娃娃都要求好，長大了才懂得犟，長大了才有逆反心理呢。天眞未鑿的嬰兒，是所謂「赤子」——「大人者，不失其赤子之心者也」的「赤子」。嬰兒都是善良的。有凶惡的嬰兒嗎？只有愛哭愛鬧而惹人煩心的娃娃。那是因爲身體不舒服。嬰兒沒有凶惡的。但嬰兒期很短，赤子之心很快就會消失。

小孩子漸漸成長，漸漸不乖，隨著身體的發育，個性也增強，食欲也增強。孩子到了能吃糕餅的時期，就嘴饞，愛吃的東西吃個沒完。個性和善的，還肯聽大人的勸阻，倔強的，會哭哭鬧鬧爭食。父母出於愛憐，往往縱容。孩子吃傷了，肚子疼了，就得吃苦藥。生病吃藥都是苦惱的，聰明孩子或乖孩子會記住，就肯聽話克制自己。食欲強而任性的孩子，就得大人把好吃的東西藏起來。一般孩子，越大越貪吃，越大越自私，甚至只要自己吃，不讓別人吃。但兩歲三歲，還是孩子最可愛的時期，四歲五歲就開始討厭了。我們家鄉有幾句老話：「三克氣（可愛），四有趣，五討厭，六滯氣（可厭），七歲八歲饒兩年——或七歲八歲，貓也討厭，狗也討厭。」說的是虛歲。每個地方，都有類似的老話，因爲這是普遍的情況，孩子越大越討厭。爲什麼呢？

孩子的身體漸漸發育，雖然還未成熟，已能獨立行動，能跑、能跳、能奔、能蹦。這個時期，孩子的「自我」冒出來了。孩子開始不乖的時候，還覺得自己應該乖；人家說他不乖，還覺得沒趣或心虛。可是剛冒出頭的「我」，自我感覺良好，一心只想突出自己。「人來瘋」不就是要招人注意嗎？

孩子好爭強，愛賣弄，會吹牛，會撒謊。孩子貪吃爭食，還會搶，還會偷，還會打罵吵架，欺負弱小。

孩子五六歲，早熟的，性欲也在覺醒。欲念愈多，身體的獸性愈強。西方人說，人有七大罪惡：驕傲、貪婪、淫邪、憤怒、貪食、嫉妒、懶惰。這七種罪惡，也包含了佛家所謂貪、嗔、癡。這種種罪惡，都植根於人的血肉之軀。孩子開始有「我」，各種罪惡都漸漸露出苗頭來。

自高自大，爭強好勝，就導致驕傲。要這要那，不論吃的、穿的、用的都要，就是貪婪。淫邪也就是佛家所謂「六欲」，指容色、體態的嬌美，巧言嬌笑的姿媚，以及皮膚細膩柔滑等所挑逗的情欲。傳說小和尚隨老和尚第一次下山，看見了女人，問這是什麼東西。老和尚說，這是老虎，要吃人的。但小和尚上山後，別的不想，只想老虎。「沙彌思老虎」就是現成的例子。欲望受阻，不就激發惱怒或憤恨嗎？貪吃不用說，哪個健康的孩子不貪吃呢？嫉妒也是常情，我不如人，我就嫉妒他。懶惰也是天生的，勤快需自己努力，一放鬆就懶了。

每一種罪惡都引發另一種或多種罪惡。譬如我驕傲，就容不得別人比我強；我勝不過他，就嫉妒他。嫉妒人，妒火中燒，自己也不好受。一旦看到我嫉妒的人遭遇不幸，不免幸災樂禍。妒引起恨，恨他就想害他，要害人就不擇手段了。這樣一連串地由一個惡念會產生種種惡念。例如貪吃貪懶，就飽暖思淫。這時期的孩子，可說「衆惡皆備於我矣」。

這裏就要談談荀子「性惡論」。荀子認爲人性本惡，善者僞也。據荀子《性惡》：「不可學，不可事而在人者，謂之性。可學而能，可事而成之在人者，謂之僞。」第一句說明「性」不是學來的，而是天生的。這話正可解釋嬰兒有靈性良心是嬰兒的本性，是天生的。第二句說明：人能學，也能學好；這就是僞。「僞」指人爲，不是虛僞。荀子認爲人性本惡，要努力學好，才成好人。這確也是實情。但是人之初，性本善；人的劣根性是嬰兒失去赤子之心以後，身體裏的劣根性漸漸發展出來的。他說人性本惡，是忽略了人的嬰兒階段。忽略了最初的嬰兒階段，就否定了人的本性，也否定了他自己肯定的「不可學，不可事而在人者謂之性」（這就是說，性是天生的）。「本性難移」是我們已經肯定的。如果本性惡，就改不好。人原先本性是好的，劣根性發展後變壞了，經過努力，還能改好。如本性是惡的，就改不好了。

我曾讀到一則眞實的記事。某英國人馴養了一頭小老虎。老虎養大了，仍像貓狗似的跟在身邊，和他很親呢。一次，他睡熟了，老虎在旁舔他的手，表示親愛。舔著舔著，舔出血來了。老虎舔到血腥，本性發作，把他的手咬來吃了。「本性難移」是不錯的。能由人力改造自己，也說明人性本善，才改得好。荀子性惡之說是不全面的，有缺點的。但他說「善者僞也」，還得承認，人性本善，才學得好；否則荀子也難於自圓其說了。

一般五、六歲的孩子都上幼兒班了。在家有家長管教，在學校由老師管教，同學間也互相競賽、互相督促、勉勵。在家嬌慣的孩子，在學校就爭取做好學生了。孩子到了九歲、十歲，漸漸會改好。

小孩子自己也會管自己。例如小孩子怕吃苦藥、怕打針。可是他們很有靈性，也懂道理。如果給他們講明得吃藥、得打針的道理，有的孩子就能吃苦藥，也能忍痛，儘管噙著眼淚，癟著小嘴要哭，也能在大人的鼓勵下，說「不苦」、「不痛」或「不怕」。有的小孩儘管事先和他講明道理，事到臨頭，就哭鬧著不肯承受了，得大人捉住胳臂打針，揑著鼻子灌藥。因爲個性不同，而孩子的克制功夫也強弱不同。

孩子接受家裏的管教，接受學校裏師長同學的薰陶，再加自己有靈性良心，能管制自己，以前在縱容下養成的種種劣根性，會有所改善。如果頑劣不受管教，或親人一味縱容，這孩子會變成壞孩子。壞孩子多半是十六、七歲的未成年人。他們先是逃學，結交壞朋友，結成一夥，毆鬥闖禍，無所不爲，成了不受管教的壞孩子。這就是所謂「性相近也，習相遠也。」不管不教，縱容放任，使未成年的苗子成了壞人。如果他憬然覺悟，仍然可以成爲好人；而迷途知返，會比一般唯唯諾諾的人更好，所謂「浪子回頭金不換」。西方人也說：浪子回家，該宰了肥牛款待。這是人的靈性良心，戰勝了一己的私欲。

人，一方面有靈性良心，一方面又有個血肉之軀。靈性良心屬於靈，「食色性也」屬於肉，靈與肉是不和諧的。

不和諧的兩方，必然引起矛盾。有矛盾必有鬥爭，有鬥爭必有勝負。勝者或是消滅對方，或是制服對方，又形成統一。鬥爭可以不斷，但矛盾必求統一。統一之後的「我」，又成了什麼面貌呢？這不是三言兩語所能說明的。怎麼鬥，怎麼統一，都值得另立專題，仔細探討。

三　靈與肉的鬥爭和統一

（一）靈與肉既有矛盾，必有鬥爭；經過鬥爭，必有統一

1. 鬥爭的雙方

觀察靈與肉的鬥爭，首先當分清雙方陣容

(1) 一方面是肉體

肉體方面，我們往往只說「食色性也」，而忘了身軀的頂端，還有一個腦袋

呢！這顆腦袋是身軀的重要部分，不容忽視。要明瞭人性內部的靈肉之爭，就得對這部分軀體，有點兒基本的科學知識。

我們向來以爲心是管思想的，我國一切有關思想的字，都帶一個「心」字。「心之官則思」。其實心臟只管身體的血液循環，管肺部的呼吸。左右上下四個心室，哪一室都不管思想。古埃及人也以爲思想的是心，所以他們在保存屍體的時候，首先把生前無用而死後易腐的腦子挖掉。木乃伊是沒有腦子的。古希臘人把思維歸屬頭腦，把感情歸屬心，對了一半，錯了一半。思想、感情、記憶、判斷等，都靠腦子。腦子是一個非常精緻而複雜的器官。

以下是撮述有名的美國《國家地理雜誌》（*Notional Geographic*）二〇〇五年三月期裏專論大腦的一節。我稱基本知識，因爲都是權威專家的定論了。

胎兒在母體四個星期後，母體每分鐘產生五十萬腦細胞。幾星期後，腦細胞都聚集胎兒頭部，三個月到六個月期間，腦細胞開始長出觸鬚。一秒鐘長兩百萬。觸鬚互相聯繫成網路。胎兒不需要那麼多腦細胞，所以胎兒出生前數星期間，過剩的腦細胞就按達爾文「適者生存」的規律淘汰了。胎兒出生時、對媽媽的聲音已聽慣了。胎兒在羊水裏吸取媽媽的營養，所以對媽媽的口味也熟悉。各種官感，在大腦上各有劃定的區域，各有名稱。發明這一區界線的是哪位權威專家，他（她）的名字就是這一專區的名字。假如專管視覺的腦區有病——例如生了腫瘤，眼科醫生在腦部動手術，只能在專管眼神經的區域動手術。如稍一不慎，侵入鄰區，就把鄰區所主管的器官損壞了。五官中發育最晚的是視覺。但胎兒出生兩天後就認識媽媽。以後十八個月裏，嬰兒的頭腦，好比浸泡在種種感覺裏，從中汲取知識。一歲半的孩子，什麼都學，什麼都懂，是最可愛也最有趣的時期。

嬰兒沒有自我。他們的自我還沒有產生呢。「自我」的意識，是在前額延伸至兩耳的大腦皮層產生的。但「自我」在腦子裏沒有獨自的領域，只在各種感覺的交流中逐漸形成，而且要在兩歲以後才開始發展。發展的時期各人不同，都是逐漸成熟的。

記憶的細胞深藏在大腦的「海馬區」（hippo-campus）內。這個「海馬區」，在嬰兒四歲時才成熟。所以嬰兒四歲才記事。但早年的事也不是全不記得。大腦深處另有一個核狀體（amygdala），在嬰兒剛出生就起作用，能感受強烈的感情。嬰兒出生後如果受到感情強烈的刺激，以後會在不知不覺中影響這孩子的感情和行爲。

孩子在逐漸成長的過程中，腦子各區的生長發育各各不同。青春期之前，腦子的灰白質又會有突然的增長。成熟最晚的是前額的大腦皮層，人到二十五歲才算成熟。這個部分，決定我們的選擇去取，策劃未來，管制行爲。這就是說，人的智力，要到二十五歲才開始成熟。

腦子成熟以後還在生長，還在改造，還能重組頭腦。人生一世間，頭腦直在不斷地改造，老人的頭腦也直在推陳出新。

以上種種專家的定論，和我們實際生活裏能觀察到的情況，都不謀而合。例如嬰兒不自稱「我」，一歲半最有趣懂事，三、四歲起開始有「我」（自我意識）等等。

腦子是感覺的中樞，腦科專家比作電腦的網際網路。肉體各種感官感受到的種種感覺，形成各種情感和或強或弱的智力。強烈的情感，無論是喜、怒、哀、樂、愛、惡、懼七情中的哪一種，都要求滿足或發洩，都和食、色一樣不能壓抑。而頭腦裏的智力，即使是開始成熟的智力，也不是人性中的靈性良心。頭腦裏的智力，首先是回護肉體。智力和感情同在一個軀體之內，是一幫的，總回護自己的感情，替感情想出種種歪理。有修養的人，能喜怒不形於色。但不形於色，未必喜怒不影響他的判斷選擇。要等感情得到了相當的滿足或發洩，平靜下來，智力才不受感情的驅使。

(2)另一方面是靈性良心

靈性良心是人的本性，不依仗本性以外的任何支持。靈性良心不爭不鬥，只是屹立不動。靈性良心如日月之光，暫時會被雲霧遮沒，雲消霧散之後，依然光明澄澈。肉的力量很強大，而靈的力量也不弱。

(3)在靈與肉的鬥爭中，靈魂在哪一面？

我最初認爲靈魂當然在靈的一面。可是仔細思考之後，很驚訝地發現，靈魂原來在肉的一面。

每個人具有一個附有靈魂的肉體。沒有靈魂，肉體是死屍。死屍沒有欲念，活人才要這要那。死屍沒有知覺，沒有感情，沒有智力。死屍不會享受，壓根兒不會鬥爭。靈魂附上肉體，結合爲一，和肉體一同感受，一同有欲念，一同享受，一同放縱。除非像柏拉圖對眞正的哲學家所要求的那樣，靈魂能「凝靜自守，處於死的狀態」，才不受肉體的干擾。但是活著的人，誰能讓靈魂處於死的狀態呢？我們的靈魂和肉體貼合成一體，擰成一股，拆不開，割不斷。一旦分開，人就死了。靈魂要脫離肉體，那個肉體想必不好受。英國十八世紀的約翰生博士是最通達人情的。他說得妙：這麼多的詩人文人做詩寫文章表示死並不可怕，正好說明死是可怕的。我們得承認靈魂和肉體是難分難捨的一體。在靈與肉的鬥爭中，靈魂和肉體是一夥，自稱「我」。靈性良心是鬥爭的對方，是「我」的敵對面。

靈魂雖然帶上一個「靈」字，並不靈，只是一條人命罷了。在靈與肉的鬥爭中，靈魂顯然是在肉體的一面。這是肯定又肯定的。

2. 靈與肉怎樣鬥

肉體的一面自稱「我」。這個「我」，有無窮的欲念，要吃好的，要喝好的，要講究衣著，要居處舒適，要遊玩嬉戲，要戀愛，又喜新厭舊，要恣意享受，縱情逞欲，沒個饜足。人的靈性良心卻時時刻刻在管制自己的肉體，不該要這要那，不該縱欲放肆，這事不該做，那事不合適。「我」如果聽受管制，就超越了原先的「我」而成了另一個「我」。原先的「我」是代表肉體的「我」，稱「小我」。超越了肉體的「我」稱「大我」或「超我」。這個「大我」或「超我」就是鬥爭統一以後的另一個面貌。

從前《倫理學》或哲學教科書上都有「小我」、「大我」之稱。據上一個世紀八、九十年代的心理哲學家佛洛伊德（Sigmund Freud 1856-1939）的學識，人的心理結構分為三個部分：「本我」、「自我」和「超我」。「本我」是生理的、本能的、無意識的東西，缺乏邏輯性，只是追求滿足，無視社會價值。這個「我」，恰恰相當於上文的「小我」。「自我」是理性的，通達事理的，與激情的「本我」相對，是可以控制的。「超我」負有監督「本我」的使命，有道德良心、負罪感，具有自我觀察、爲自我規劃理想的功能。這第二、第三個「我」，恰恰就是我所說的聽受靈性良心管制的「我」，也就是上文所稱「大我」或「超我」。（參看《佛洛伊德的智慧》第一章第一頁——北京：中國電影出版社，二〇〇五年版）

佛洛伊德的分析是專門之學，我這裏只用來解釋我們通用的「大我」、「小我」，同時也證明我採用「靈性良心」之稱，和他的理論正也合拍。下文我仍用「小我」、「大我」或「超我」，免得佛洛伊德所使用的許多名稱，干擾本文的思路。

孔子曰「已矣乎，吾未見能見其過而內自訟者也。」（《公冶長第五》）。「內自訟」就是靈與肉的鬥爭，通常稱「天人交戰」，也就是「小我」與「大我」的鬥爭。鬥爭在內心，當著孔夫子，當然不敢暴露了。

我倒是有緣見過一瞥。一九三八年，我自海外來到上海的「孤島」，我的兩個女友邀我同上館子吃晚飯。我們下了公交車還要跨越四馬路，恰逢「野雞」拉客。一個個濃施脂粉的「野雞」由鴇母押著在馬路邊上拉客。穿長衫或西裝的她們不拉，只喊「來嘘！來嘘！」有的過客不待拉，看中一個「野雞」，跟著就走。我看見一個穿粗布短褂的小夥子，一望而知是初到上海的鄉下佬。「野雞」和老鴇拉住死拽。我看見那小夥子在「天人交戰」。他忽也看見我在看他，臉上露出尷尬的似笑非笑。當時我被兩位女友挾持著急急前行，只看到那一瞥，不過我已拿定那小夥子的靈性良心是輸定了。

（二）靈與肉的統一

肉體的欲望，和人性裏的靈性良心是不一致的。同在一個軀體之內，矛盾不得解決，會導致精神分裂。矛盾必然要求統一。如果是計較個人的利害得失，就需要反覆考慮，仔細斟酌。如果只是欲念的克制，鬥爭可以反覆，但往往是比較快速的。如果是一時一事，鬥爭的結果或是東風壓倒西風，或西風壓倒東風。每個人一輩子的行爲，並不是一貫的。旁人對他的認識，也總是不全面的。儘管看到了他的一生，各人所見也各不相同。不過靈與肉的鬥爭，也略有常規。靈性良心不能壓倒血肉之軀，只能適度讓步。靈性良心完全占上風的不多。血肉之軀呑沒靈性良心，倒也不少。而最常見的，是不同程度的妥協。

1. 靈性良心占上風

靈性良心人人都有。經常憑靈性良心來克制自己，就是修養。這是一種功力，在修煉中逐漸增強，逐漸堅定。靈性良心占上風是能做到的；靈性良心完全消滅肉欲，可說辦不到。我見過兩位與衆不同的修士，他們是職業修士，衣、食、住都現成，如果是普通老百姓，要養家餬口，教育兒女，贍養父母，就不能專心一意地修行了。

我偶在報上看到一則報導（二〇〇六年十月十八日《文匯報》），說上海徐匯商業區有一棟寫字樓，原先是上海最大的天文臺。我立即記起徐匯區天文臺的創始人勞神父（Père Robert）。徐匯區天文臺是馬相伯領導下，由勞神父創辦的小天文臺擴大的。原先那個小天文臺，只怕見過的沒幾個人了。那是一座簡陋的小洋房，上面虛架著一間小屋，由露天的梯狀樓梯和一條扶手通連上下。架空的小屋裏有一架望遠鏡，可觀察天體。勞神父每夜在那裏觀看天象。樓下是物理實驗室，因爲勞神父是物理學家。他的職業是徐家匯聖母院的駐堂神父，業餘研究物理，曾有多種發明，如外白渡橋頂的氣球，每日中午十二點準時升起，準確無誤，相當於舊時北京正午十二時放的「午時炮」。勞神父日日夜夜工作，使我想起有道行的和尚，吃個半飢不飽，晚上從不放倒頭睡覺，只在蒲團上打坐。不過，勞神父是日夜工作。我在啓明上學時，大姊姊帶我去看勞神父，他就和我講有趣的故事，大概這就是他的休息。在我心目中，他是克制肉欲，順從靈性良心的模範人物。上海至今還有一條紀念他的勞神父路。

還有一位是修女禮姆姆，我在啓明上學時的校長姆姆。教會也是官場。她沒有後臺，當了二十多年校長，暮年給一位有後臺的修女擠出校長辦公室，成了一名打雜的勞務工。她馴順勤謹地幹活兒，除了晚上規定的睡眠，一輩子沒閒過，直到她倒地死去。她的屍體，由人抬放床上，等待裝入棺材。她死了好半天，那顆心臟休閒了一下，忽又跳動起來。她立即起身下床工作，好像沒死過一樣。她又照常工作了好多天，不記得是十幾天或幾十天後，又倒地死了。

這回沒有再活過來。

這兩位修士，可說是靈性良心占上風，克制了肉欲。但他們是職業修士。在我們普通人之間，道高德劭，能克己爲人的也不少，很多默默無聞的人都做到了克制「小我」而讓靈性良心占上風。儘管他們達不到十全十美，人畢竟是血肉之軀，帶些缺點，更富有人情味吧。只要能認識自己的缺點，不自欺欺人，就很了不起了。

2. 靈性良心被棄置不顧

修養不足就容易受物欲的引誘，名利心重就顧不到靈性良心了。我們這個人世原是個名利場，是爭名奪利、爭權奪位的戰場。不是說嗎，一部二十四史只是一部戰爭史。爭城、爭地、爭石油、爭財富，哪一時、哪一處不是爭奪呢？官場當然是戰場，商場也是戰場，國際間更是赤裸裸的戰場。戰場上就是你死我活的打仗了。打仗講究的是兵法。兵不厭詐。愈奸愈詐，愈能出奇制勝。哪個迂夫子在戰場上講仁義道德，只好安於「君子固窮」了。戰場上，進攻自衛都忙得措手不及，哪有閒暇講究是非、曲直、善惡、公正呢？靈性良心都一筆抹殺了。

我九歲家居上海時，貼鄰是江蘇某督軍的小公館，全弄堂的房子都是他家出租的。他家正在近旁花園裏興建新居。這位督軍晚年吃素念佛，每天高唱南無阿彌陀佛。我隔窗看得見他身披袈裟，一面號佛，一面跪拜。老人不停地下跪又起身，起身又下跪，十分吃力。他聲音悲愴，我聽了很可憐他。該是他在人間的「戰場上」造孽多端，當年把靈性良心撇開不顧，垂老又良心發現了。

我十二歲遷居蘇州。近鄰有個無惡不作的豬仔議員。常言：「好事不出門，惡事傳千里。」他怎樣不擇手段，巧取豪奪，同巷人家都知道。他晚年也良心發現，也信佛懺悔，被一個和尚騙去大量錢財。這種人，爲一身的享受，肯定把靈性良心棄置不顧了，但靈性良心是壓不滅的。

也有一種人，自我膨脹，吞沒了靈性良心。有一句至今還流行的俏皮話：「墨索里尼永遠是正確的，尤其是他錯誤的時候。」他的自我無限膨脹，靈性良心全給壓抑了。希特勒大規模屠殺猶太人，已是滅絕天良。只有極權獨裁的魔君，才能這般驕橫。他們失敗自殺的時候，不知他們的靈性良心會不會再現。

曹操因懷疑而殺了故人呂伯奢一家八口，不由得感到淒愴。但他自有歪理：「甯我負人，毋人負我。」這兩句名言，出自幾部正史。曹操也確是這樣待人的。他的《短歌行》末首：「山不厭高，水不厭深，周公吐哺，天下歸心。」流露了他的帝皇思想。雖然他一輩子只是挾天子以令諸侯，沒自己稱帝，他顯然野心極高，要天下人都歸心於他呢。而他又心地狹隘，只容得一個自己，誰礙著他的道兒，就該殺。他殺了多少有才華、有識見的人啊！難怪他爲了這兩句話，被人稱爲奸雄。西方成語「說到魔鬼，魔鬼就到」；我國成語「說曹操，曹操就到」。曹操竟和魔鬼並稱了。他臨死的遺命是矛盾的。他先要把身邊那許多侍妾嫁掉，後來又要她們殉葬。他始終沒讓靈性良心克制他的私心。

3. 靈與肉的妥協

所謂妥協，需要解釋。因爲靈性良心既然不爭不鬥，屹立不動，靈性良心是不妥協的。妥協的是代表肉體和靈魂的「我」。不斷鬥爭是要求徹底消滅對方。可是「徹底」是做不到的。鬥爭的雙方都做不到。靈性良心不能徹底消滅，「我」的私心也不能徹底消滅。就連只有顯微鏡才能看到的細微的病菌，哪一種病菌能徹底消滅呀？人情好逸惡勞，鬥來鬥去，疲倦了，就想歇歇了。而人之常情又不肯認輸。倦怠了，就對自己說：「行了，可以了」，於是停止了戰鬥而對自己放鬆了。我們往往說：「世上還是好人多」。這就是說，大凶大惡只是少數，完美的聖人也只是極少數的。處於中間地位的大多數，雖然不是聖人，也算是好人了，其實他們只是對自己不夠明智，不自覺地寬容了自己，都自以爲已經克制了「小我」，超脫了私心，不必再爲難自己，可以心安理得了。其實他們還沒有達到這個境界，只是不同程度的自欺欺人。自欺不是故意，只是自知之明不足，沒看透自己。

我偶讀傳記，讀到一位科學家，一生淡泊名利，孜孜矻矻鑽研他的專業，他也稱得「躬行君子」了。他暮年聽說他的同學得了諾貝爾獎金，悵然自失，可見他求的不僅僅是學識，還有點名利思想吧？還有一位愛國愛人的軍官，視士兵如家人子弟，自奉菲薄而待人寬厚，他也是人人稱道的英雄了。忽一天他聽說他的同僚升任大元帥了，他悵然自失。可見他還未超脫對名位的企慕。他們稱得上是有修養的人了，可是多少人能修養得完全超脫「我」的私心呢？多少人能看透自己呢？認識自己，豈是容易！

照鏡子可以照見自己的相貌。如果這人的臉是歪的，天天照鏡子，看慣了，就不覺得歪了。醜人照鏡子，總看不到自己多麼醜，只看到別人所看不到的美。自命瀟灑的「帥哥」，照不見他本相的浮滑或鄙俗。因爲我們鏡子裏的「鏡中人」，總是自己心目中的「意中人」，並不是自己的眞面目。面貌尚且如此，何況人的品性呢！每個人自負爲怎樣的人，就以爲自己是這樣的人。每個人都不同程度地自欺欺人，這就是所謂「妥協」。

孔子常常說：不患人之不己知，患不知人也。我還要進一步說，患不自知也。

（三）靈與肉的鬥爭中，誰做主？

每個人如回顧自己一生的經歷，會看到某事錯了，某事是不該的。但當時或是出於私心，或是出於無知，或虛榮，或驕矜等等，於是做了不該做的事，或該做的沒做，犯了種種錯誤。而事情已成過去。靈性良心事後負疚抱愧，已追悔莫及。當時卻是不由自主。

我曾讀過柏格森（Henri Bergson 1859-1941）的《時間與自由意志》（*Time and Free Will*）。讀時想必半懂不懂，所以全書的內容和結論全都忘了，只記得一句時常縈回心頭的話：人在當時處境中，像漩渦中的一片落葉或枯草，身不由己。

不錯啊，人做得了主嗎？

四　命與天命

（一）人生有命

神明的大自然，對每個人都平等。不論貧富尊卑、上智下愚，都有靈魂，都有個性，都有人性。但是每個人的出身和遭遇、天賦的資質才能，卻遠不平等。有富貴的，有貧賤的，有天才，有低能，有美人，有醜八怪。憑什麼呢？人各有「命」。「命」是全不講理的。孔子曾慨嘆：「命矣夫！斯人也而有斯疾也！斯人也而有斯疾也！」。（《雍也第六》）是命，就犟不過。所以只好認命。

「不知命，無以爲君子」。（《堯曰二十》）曾國藩頂講實際，據說他不信天，信命。許多人辛勤一世，總是不得意，老來嘆口氣說：「服服命吧。」

我爸爸不信命，我家從不算命。我上大學二年級的暑假，特地到上海報考轉學清華，准考證已領到，正準備轉學考試。不料我大弟由肺結核忽轉爲急性腦膜炎，高燒七、八天後，半夜去世了。全家都起來了沒再睡。正逢酷暑，天亮就入殮。我那天夠緊張的。我媽媽因我大姊姊是教徒，入殮奉行的一套迷信規矩，都託付了我。有部分在大弟病中就辦了。我負責一一照辦，直到蓋上棺材。喪事自有家人管，不到一天全辦完了。

下午，我浴後到後園乘涼，後園只有二姑媽和一個弟弟、兩個妹妹，（爸爸媽媽都在屋裏沒出來）忽聽得牆外有個彈弦子的走過，這是蘇州有名的算命瞎子「梆岡岡」。因爲他彈的弦子是這個聲調，「梆岡岡」就成了他的名字。不記得是弟弟還是七妹妹建議叫瞎子進來算個命，想藉此安慰媽媽。二姑媽懂得怎樣算命，她常住我們家，知道每個人的「八字」。她也同意了。我們就叫女傭開了後門把瞎子引進園來。

瞎子一手抱著弦子，由女傭拉著他的手杖引進園來，他坐定後，問我們算啥。我們說「問病」。二姑媽報了大弟的「八字」。瞎子掐指一算，搖頭說：「好不了，天克地沖」。我們懷疑瞎子知道我家有喪事，因爲那天大門口搭著喪棚呢。其實，我家的前門、後門之間，有五畝地的距離，瞎子無從知道。可是我們肯定瞎子是知道的，所以一說就對。我們要考考他。我們的三姊兩年前生的第一個孩子是男孩，不到百日就夭折了。他的「八字」二姑媽也知道。我們就請瞎子算這死孩子的命。瞎子掐指一算，勃然大怒，發作道：「你們家怎麼回事，拿人家『尋開心』（蘇州話，指開玩笑）的嗎！這個孩子有命無數，早死了！」瞎子氣得臉都青了。我和弟弟妹妹很抱歉，又請他算了爸爸、媽媽、弟弟和三姊姊的命——其他姊妹都是未出閣的小姐，不興得算命。瞎子雖然只略說幾句，都很準。他賺了好多錢，滿意而去。我第一次見識了算命。我們把算命瞎子的話報告了媽媽，媽媽聽了也得到些安慰。那天正是清華轉學考試的第一天，我恰恰錯過。我一心要做清華本科生，末一個機會又錯過了，也算是命吧？不過我只信「梆岡岡」會算，並不是對每個算命的都信。而且既是命中註定，算不算都一樣，很不必事先去算。

我和錢鍾書結婚前，錢家要我的「八字」。爸爸說：「從前男女不相識，用雙方八字合婚。現在已經訂婚，還問什麼『八字』？如果『八字』不合，怎辦？」所以錢家不知道我的「八字」。我公公《年譜》上，有我的「八字」，他自己也知道不準確。我們結婚後離家出國之前，我公公交給我一份錢鍾書的命書。我記得開頭說：「父豬母鼠，妻小一歲，命中註定。」算命照例先要問幾句早年的大事。料想我公公老實，一定給套出了實話，所以我對那份命書全都不信了。那份命書是終身的命，批得很詳細，每步運都有批語。可是短期內無由斷定準不準。末一句我還記得：「六旬又八載，一去料不返。」批語是：「夕陽西下數已終。」

我後來才知道那份命書稱「鐵板算命」。一個時辰有一百二十分鐘，「鐵板算命」把一個時辰分作幾段算，所以特準。鍾書淪陷在上海的時候，有個拜門弟子最迷信算命，特地用十石好米拜名師學算命。「鐵板算命」就是他給我講的。他也曾把錢先生的命給他師父算，算出來的結果和「鐵板算命」的都相彷，只是命更短。我們由幹校回北京後，「流亡」北師大那年，鍾書大病送醫院搶救，據那位算命專家說，那年就可能喪命。據那位拜門學生說，一般算命的，只說過了哪一年的關，多少年後又有一關，總把壽命儘量拉長，決不說「一去料不返」或「數已終」這等斬絕的話。但鍾書享年八十八歲，足足多了二十年，而且在他坎坷一生中，運道最好，除了末後大病的幾年。不知那位「鐵板算命」的又怎麼解釋。

這位拜門弟子家貲巨萬，早年喪父，寡母善理財，也信命。她算定家產要蕩盡，兒子賴貴人扶助，貴人就是錢先生。所以她鄭重把兒子託付給先生。她兒子相貌俊秀，在有名的教會大學上學，許多漂亮小姐看中他，其中有一位是錢家的親戚。小姐的媽媽央我做媒。

可是這個學生不中意。他說，除非錢先生、楊先生命令他。我說：婚姻是終身大事，父母都不能命令，我們怎能命令；只是小姐頂好，爲什麼堅決不要。他覺得不便說明他迷信命，只悄悄告訴我什麼理由，囑我不要說出來。原來他生肖屬鼠，鼠是「子」，「子」是水之源。小姐屬豬，豬是「亥」，「亥」

是「壬」，「壬」水是大水。子水加壬水，不就把他家貲全都沖掉了嗎？所以這位小姐斷斷娶不得。我不能把他囑我不說的「悄悄話」給捅出來，只說他們兩個是同學，何必媒人。但男方無意提親，女方亟需媒人。我一再推辭，女方的媽媽會懷疑我有私心，要把她女兒鍾情的人留給自己的妹妹楊必呢。這個學生眞的看中楊必，因爲楊必大他兩歲，屬狗，狗是戌，戌是火土，可以治水。那時我爸爸已去世。這學生的媽媽找了我的大姊姊和三姊姊，正式求親，說結了婚一同出國留學。楊必斷然拒絕。我對這學生說：你該找你的算命師父找合適的人。他說，算命師父說過，最合適是小他兩歲的老虎。

解放後，我們一家三口離開上海，到了清華。院系調整後，一九五三或一九五四年，我們住中關園的時候，這位學生陪著他媽媽到北京遊覽，特來看望我們。他沒頭沒腦地悄悄對我說：「結婚了，小我兩歲的老虎，算命師父給找的。」

不久後，他的媽媽被捕了。這位拜門弟子曾告訴我：他媽媽不藏黃金，嫌笨重；她收藏最珍貴的寶石和鑽石，比黃金値錢得多。解放後她交出了她的廠和她的店，珍寶藏在小型保險櫃裏，保險櫃砌在家中牆內，她以爲千穩萬妥了。一次她帶了少許珍寶到香港去變賣，未出境就被捕，關押了一年。家中全部珍寶都由國家作價收購。重很多克拉、熠熠閃藍光的鑽石，只作價一千人民幣。命中註定要蕩盡的家產，就這麼蕩盡了。

接下來，柯慶施要把上海城中居民遷往農村的計畫雖然沒有實施，這個學生的戶口卻是給遷入農村了。他媽媽已經去世，他妻子兒女仍住上海，只他單身下鄉。他不會勞動，吃商品糧，每月得交若干元伙食費。我們寄多少錢，鄉里人全知道。寄多了，大家就來借，所以只能寄十幾元。他過兩三個月可回上海探親，就能匯幾百。直到改革開放之後，他才得落實政策，恢復戶籍，還當上了上海市政協委員。那時出國訪問的人置備行裝，往往向他請教，因爲他懂得怎樣打扮有派頭，怎樣時髦。「貴人扶助」云云，實在慚愧，不過每月十數元而已，但是他的命確也應了。

我妹妹楊必有個極聰明的中學同學，英文成績特好。解放後，她聽信星命家的話，想到香港求好運，未出境就半途被捕，投入勞改營。她因爲要逃避某一勞役，疏通了醫生，爲她僞造了患嚴重肝炎的證明。勞改期滿，由人推薦，北京外文出版社要她任職，但得知她有嚴重肝炎，就不敢要她了。「她出不了勞改營，只好和一個勞改人員結了婚，一輩子就在勞改營工作。好好一個人才，可惜了。這也只好說是命中註定了。

上海有個極有名的星命家，我忘了他的姓名，但想必有人記得，因爲他很有名。抗日勝利前夕，盛傳上海要遭美軍地毯式轟炸。避難上海的又紛紛逃出。這位專家算定自己這年橫死。算命的都妄想趨吉避凶，他就逃到香港去，以爲橫死的災厄已經躲過。他有一天在朋友家吃晚飯，飯後回寓，適逢戒嚴，他中彈身亡。這事一時盛傳，許多人都驚奇他命理精確。但既已命定、怎又逃得了呢？我料想楊必的那個朋友到香港去，也是趨吉避凶。

「生死有命」是老話。人生的窮通壽夭確是有命。用一定的方式算命，也是實際生活中大家知道的事。西方人有句老話：「命中該受絞刑的人，決不會淹死。」我國的人不但算命，還信相面，例如《麻衣相法》就是講相面的法則。相信相面的，認爲面相更能表達性格。吉普賽人看手紋，預言一生命運。我翻譯過西班牙的書，主人公也信算命，大概是受摩爾人的影響。西方人只說「性格即命運」或「性格決定命運」。反正一般人都知道人生有命，命運是不容否定的。

（二）命理

我認爲命運最不講理。傻蛋、笨蛋、渾蛋安享富貴尊榮，不學無術的可以一輩子欺世盜名。有才華、有品德的人多災多難，惡人當權得勢，好人吃苦受害。所以司命者稱「造化小兒」。「造化小兒」是胡鬧不負責任的任性孩子。我們常說「造化弄人」。西方人常說「命運的諷刺」（irony of fate），並且常把司命之神比作沒頭腦的輕浮女人，她不知好歹，喜怒無常。所以有句諺語：「如果你碰上好運，趕緊抓著她額前的頭髮，因爲她背後沒有可抓的東西了。」也就是說，好運錯過就失掉了，這也意味著司命之神的輕浮任性。

可怪的是我認爲全不講理的命，可用各種方式計算，算出來的結果可以相同。這不就證明命有命理嗎？沒有理，怎能算呢？精通命理的能推算得很準。有些算命的只會背口訣，不知變通，就算不準。

算命靠「八字」。「八字」分年、月、日、時「四柱」。每一「柱」由一個「天干」一個「地支」組成。甲乙丙丁戊己庚辛壬癸十個天干，子丑寅卯辰巳午未申酉戌亥十二個地支，搭配成六十種不同的天干地支。六十年稱一個甲子。第一柱決定出生的時間和境地，父母和家世等等。第三柱是命主。陰陽五行金、木、水、火、土，各有不同的性質，也就成了這個人的性格。甲乙是木，丙丁是火，戊己是土，庚辛是金，壬癸是水。「八字」稱「命造」，由「命造」推算出「運途」；「命造」相當於西方人所謂「性格」（character）；「運途」相當於西方人所謂命運（destiny）。一般星命家把「命造」譬喻「船」，「運途」譬喻「河」。「船」只在「河」裏走。十年一運，分兩步走。命有好壞，運亦有好壞。命造不好而運途通暢的，就是上文所說的笨蛋、渾蛋安享富貴尊榮，不學無術可以欺世盜名。命好而運不好，就是有才能、有品德的人受排擠，受嫉妒，一生困頓不遇。命劣運劣，那就一生貧賤。但「運途」總是曲曲彎彎的，經常轉向。一步運，一拐彎。而且大運之外還有歲運，講究很多。連續二、三十年好運的不多，一輩子好運的更不多。我無意學算命，以上只是偶爾聽到的一些皮毛之學。

孔子晚年喜歡《周易》，作《說卦》、《序卦》、《繫辭》、《文言》等，都是講究陰陽、盈虛、消長的種種道理，類似算命占卜。反正有數才能算，有一定的理才能算。不然的話，何從算起呢？

（三）人能做主嗎？

既然人生有命，爲人一世，都不由自主了。那麼，「我」還有什麼責任呢？隨遇而安，得過且過就行了。

人能不能自己做主，可以從自己的經驗來說。回顧自己一生，許多事情是不由自主的，但有些事是否由命定，或由性格決定，或由自由意志，值得追究。

抗日勝利後，國民黨政府某高官曾許錢鍾書一個聯合國教科文組織的職位。鍾書一口拒絕不要。我認爲在聯合國任職很理想，爲什麼一口拒絕呢？鍾書對我解釋，「那是胡蘿蔔。」他不受「胡蘿蔔」的引誘，也不受「大棒」的驅使。我認爲他受到某高官的賞識是命。但他「不吃胡蘿蔔」是他的性格，也是他的自由意志。因爲在那個時期，這個職位是非常吃香的。要有他的聰明，有他的個性，才不加思考一口拒絕。

抗日勝利不久，解放戰爭又起。許多人惶惶然只想往國外逃跑。我們的思想並不進步。我們讀過許多反動的小說，都是形容蘇聯「鐵幕」後的生活情況，尤其是知識分子的處境，所以我們對共產黨不免害怕。勸我們離開祖國的，提供種種方便，並爲我們兩人都安排了很好的工作。出國也不止一條路。勸我們留待解放的，有鄭振鐸先生、吳晗、袁震夫婦等。他們說共產黨重視知識分子。這話我們相信。但我們自知不是有用的知識分子。我們不是科學家，也不是能以馬列主義爲準則的文人。我們這種自由思想的文人是沒用的。我們考慮再三，還是捨不得離開父母之邦，料想安安分分，坐坐冷板凳，粗茶淡飯過日子，做馴順的良民，終歸是可以的。這是我們自己的選擇，不是不得已。

又如我二十八歲做中學校長，可說是命。我自知不是校長的料，我只答應母校校長王季玉先生幫她把上海分校辦成。當初說定半年，後來延長至一年。季玉先生硬是不讓我辭。這是我和季玉先生鬥志了。做下去是千順百順，辭職是逆水行舟，還兼逆風，步步艱難。但是我硬是辭了。當時我需要工作，需要工資，好好的中學校長不做，做了個代課的小學教員。這不是不得已，是我的選擇。因爲我認爲我如聽從季玉先生的要求，就是順從她的期望，一輩子承繼她的職務了。我是想從事創作。這話我不敢說也不敢想，只知我絕不願做校長。我堅決辭職是我的選擇，是我堅持自己的意志。絕不是命。但我業餘創作的劇本立即上演，而且上演成功，該說是命。我雖然辭去校長，名義上我仍是校長，因爲接任的校長只是「代理」，學生文憑上，校長仍是我的名字，我的印章。隨後珍珠港事變，「孤島」沉沒，分校解散，我要做校長也沒有機緣了。但我的辭職，無論如何不能說是命，是我的選擇。也許可說，我命中有兩年校長的運吧。

我們如果反思一生的經歷，都是當時處境使然，不由自主。但是關鍵時刻，做主的還是自己。算命的把「命造」比作船，把「運造」比作河，船只能在河裏走。但「命造」裏，還有「命主」呢？如果船要擱淺或傾覆的時候，船裏還有個「我」在做主，也可說是這人的個性做主。這就是所謂個性決定命運了。烈士殺身成仁，忠臣爲國捐軀，能說不是他們的選擇而是命中註定的嗎？他們是傾聽靈性良心的呼喚，寧死不屈。如果貪生怕死，就不由自主了。寧死不屈，是堅決的選擇，絕非不由自主。做主的是人，不是命。

第二次大戰開始，日寇侵人中國。無錫市淪陷後，錢家曾有個男僕家居無錫農村，得知南京已失守，無錫又失守，就在他家曬糧食的場上，用土法築了一座能燒死人的大柴堆，全家老少五六口人，一個個跳入火中燒死。南京失守，日寇屠殺人民、姦污婦女的事，很快就傳到無錫了。他們不願受姦污、被屠殺，全家投火自焚。老百姓未必懂得什麼殉國，但他們的行爲就是殉國呀！能說他們的行爲不是自己的選擇，而是不由自主嗎？這事是逃到上海的本鄉人特到錢家報告的。錢鍾書已去昆明，我不知道他們的姓名。

（四）命由天定，故稱天命

我們看到的命運是毫無道理的，專開玩笑，慣愛捉弄人，慣愛搗亂。無論中外，對命運的看法都一致。神明的天，怎能讓造化小兒玩弄世人，統治人世呢？不能服命的人，就對上天的神明產生了懷疑。

我們思考問題，不能輕心大意地肯定，也不能逢到疑惑就輕心大意地否定。這樣，我們就失去思考的能力，走入迷宮，在迷茫中懷疑、失望而絕望了。我們可以迷惑不解，但是可以設想其中或有緣故。因爲上天的神明，豈是人人都能理解的呢。

造化小兒的胡作非爲，造成了一個不合理的人世。但是讓我們生存的這麼一個小小的地球，能是世人的歸宿處嗎？又安知這個不合理的人間，正是神明的大自然故意安排的呢？如果上天神明，不會容許造化小兒統治人間。孔子不止一次稱「天命」，不僅僅稱「天命」，還說「君子有三畏」。第一就是「畏天命，……小人不知天命而不畏也」（《季氏十六》）。這是帶著敬畏之心，承認命由天定。

五　萬物之靈

我們很不必爲了人世的不合理而沮喪。不論人世怎麼不合理，人類畢竟是世間萬物之靈。

人是動物裏最靈的，因爲人是有智慧的動物。獅子稱百獸之王，只是獸中之王。獅子獵得小動物，只會連毛帶血吃。人類卻懂得熟食。我幼年的教科書上說，燧人氏鑽木取火，后稷教民稼穡，不記得哪位聖賢又教民畜牧，豢養了馬牛羊、雞犬豕，有的幫人幹活兒，有的供人食用。人類還發明了一系列的烹調用具，烹調出連湯帶汁的美味。西方沒有燧人氏，卻有天神相助，盜取了天上的火種送給人類。反正不論東方西方，人類都知道取火用火的方法。稼穡，就是把土地耕耘種植，地裏就出產稻、粱、菽、麥、黍、稷，供人當飯吃。嫘祖教民養蠶，絲綢是中國最早發明的。中國先有麻布，後有棉布。棉布也是由中國輸入歐洲的（參看《老圃遺文輯》五一二頁，《梧桐布由華入歐考》長江文藝出版社一九九三年版）。人類不僅穿衣服，還講究服飾的精緻美觀。人類不穴居野處，而建造宮室，又造橋、造路、造車、造船。

倉頡又創造了文字，可以保存文化，傳布文化。人類出類拔萃的精英，很自然地成了群衆的領袖。他們建立學校，教育人民怎樣去尋求眞理，泛愛衆人，講求仁義道德。人類由物質文明，進人精神文明了。

人類並不靠天神教導，人的本性裏有靈性良心。在靈性良心的指引下，人人都有高於物質的要求。古今中外，都追求眞理，追求善良，追求完美公正等等美德。

比如說，人類知道天圓地方之說是錯誤的，知道地球中心論是錯誤的，伽利略（Galileo 1564-1642）發明了望遠鏡，證實地球是太陽系裏的一顆小小的行星，他雖然遭天主教會的壓迫，險得判處火刑，一輩子受盡委屈，可是一代又一代的科學家，懂得明辨是非，堅持眞理，認識到錯誤，就糾正錯誤，直到放之四海而皆準，還無休無止地追求完善詳盡。

我上小學的時候，課程表上不稱星期一、星期二、三、四、五、六等，也不稱星期日，稱日曜日。星期一到星期六都以行星命名，依次爲月、火、水、木、金、土。英文、法文的星期名稱，也同樣是採用星球的名稱，例如星期一，英文、法文都是月曜日。從前只有六個行星。現在八大行星之外，又發現了新的行星。這也不過一百年之間的事呀！人類對眞實世界追求認識，無休無止。求眞實，就不肯停留在錯誤的認識上。

我們的正義感也是出於本性的。一代又一代的志士仁人，爲了維持正義，不怕和暴力鬥爭。儘管有權有勢的人以權謀私，貪污腐敗；儘管推翻了一代暴君，又產生一代暴君，例如法國十八世紀推翻路易王朝的羅伯斯庇爾（Robespierre 1758-1794）高呼自由、平等、博愛，掌權得勢後殺人如麻，稱爲「恐怖的統治」，隨後自己也上了斷頭臺；貪污腐敗的官吏清除了一批，又會滋生一批，但是清廉的官，終究是老百姓希望而又愛戴的「青天大老爺」。我國的包拯不就成了「包青天」嗎？敢對當朝暴行提出抗議的還代代有人，不惜殺身成仁。

我國的孔子最平易近人。他曾一再說：「不在其位，不謀其政」（《泰伯》《憲問》），他曾說：「道不行，乘桴浮於海……」（《公冶長》），也曾說：「用之則行，舍之則藏」，也曾讚許曾點：「春服既成，……」帶幾個青少年「浴乎沂，風乎舞雩，詠而歸」（《先進十一》）。可是他暮年看定自己「莫我知也夫」（《憲問》）；「道之不行，已知之矣」（《微子十八》）；「吾已矣夫」（《子罕》）。可是他並沒有乘桴浮於海，也沒有春遊散心，孔子六十八歲了，退而刪《詩》《書》，作《春秋》。作《春秋》，就是在左丘明的傳記上，加上按語，用簡約而恰當的一字、兩字，或貶或褒，評點了某人某事的是與非、該或不該。他的評語眞是一字千鈞。能「使天下亂臣賊子懼」。他盡可以教教學生，不問世事了。可是還是要用他的春秋筆法來維持正義，和亂臣賊子作鬥爭。不管別人是瞭解或責怪，他只順從自己的靈性良心行事。

當時流行的詩歌有三千多，孔子從中選了三百另五首。不僅文字美，音韻也美。《詩經》成了一件完美之藝術品。

人類已有六千多年的文明，和其他動物相比，人類卓然不同了。世界各國的博物館、圖書館、美術館所儲藏的哲學、科學、文學、政治、經濟、歷史和藝術等書籍，以及工藝品、美術品等文物，不都具體證明人是萬物之靈嗎？

六　人類的文明

人類的智力，超越了其他動物的智力；人類本性的靈性良心，也超越了其他動物的良知良能。人類很了不起，天生萬物，數人類最靈，創造了人類的文明。禽獸是不會創造的，禽獸只能在博物館裏充當標本而已。萬物之靈，果然是萬物之靈。

人類創造了人類的文明，證實了人是萬物之靈。但是本末不能顚倒：人稱萬物之靈，並不因爲創造了人類的文明；人的可貴，也不在於人類創造的文明。人類的文明只是部分人類的成績，人類中還有許許多多沒有文化的呢。沒有文化的人，怎能創造文化？但他們並不因此就成了禽獸而不是萬物之靈呀！

(一) 人的可貴在於人的本身

天生萬物，人爲萬物之靈。人的可貴在於人的本身，不在於他創造的文明。人類的文明，當然有它的價值，價值還很高呢，但決不是天地生人的目標。理由有四：

(1)如果天地生人是爲了人類的文明，那麼，人類的文明，該是永恆不滅的。但是人類的文明能持久嗎？例如古埃及的文明，古希臘的文明，巴比倫的文明，大食古國的文明，瑪雅人的文明等等，不都由盛而衰，由衰而亡了嗎？

(2)如果天地生人是爲了人類的文明，那麼，人類的文明，該是有益於人類發展生存的。的確，社會各界的醫學家、經濟學家、法學家、社會學家、農業學家、建築學家以至文學藝術家等等，以及各國領導人，都盡心竭力爲人民謀福利。可是文明社會要求經濟發達，要求生產增長、消費增長，於是工廠增多，大自然遭受污染，大自然的生態受到破壞，水源污染了，地下水逐漸乾涸，臭氧層已經破裂，北極的冰山正在迅速融化，海水在上漲，陸地在下沉，許多物種瀕臨滅絕。人間的疾病在增多，抗藥的病菌愈加頑強了。滿地戰火，人間還在玩火，孜孜研製殺傷性更爲狠毒的武器，商略冷戰、熱戰的種種手段。人類的文明確很可觀。人能製造飛船；衝出太空，登上月球了。能在太空行走了。能勘探鄰近的星球上哪裏可能有水，哪裏可能有空氣，好像準備在鄰近的星球上爭奪地盤了。我們這個破舊的地球，快要報廢了吧？

(3)如果天地生人，目的是人類的文明，那麼，天地生就的人，不該這麼無知，這麼無能，雖是萬物之靈，卻是萬般無奈，顧此失彼，而大部分人還醉生夢死，或麻木不仁。我們只能看到宇宙無限大，而我們這麼渺小，人生又如此短促。數千年來，哪一位哲人解答了世人所探求的眞理呢？數千年已過去了，有靈性有良心的人，至今還在探求人生的眞諦，爲人的準則。一生尋求智慧的蘇格拉底，只知道自己一無所知。我們的萬世師表孔夫子說：「朝聞道、夕死可矣」（《里仁第四》），他急於瞭解什麼是「道」，「吾嘗終日不食，終夜不寢，以思，無益，不如學也。」（《衛靈公十五》）怎麼學呢？《論語》裏沒有說。《大學》

是曾子轉述孔子的話。講了怎麼教，學什麼。「大學之道，在明明德，在親民（一作「在新民」），在止於至善。」我參考了宋代理學家的注釋，試圖照我自己的見解，解釋如下：教誨成年的人，就是要他們「明『明德』」——「明」就是明白，「明德」就是按照天理，爲人行事，「在新民」就是要他們去掉舊時的污染，「親民」就是「推己及人」；「在止於至善」就是對自己要追求完善，達到至善的境界。《中庸》是子思轉述他祖父孔子的話。開頭第一段說：「天命之謂性，率性之謂道。……道也者，不可須臾離也。」我照樣參考了注釋，照我自己的見解，解釋如下：「人的本性是天生的；順著靈性良心爲人行事，就是該走的道路。……應該時時刻刻隨順著自己的靈性良心。」

　　這是中國的「孔孟之道」。西方各國各派的哲學家有他們的「道」。各宗教派別又各有他們的「道」。究竟什麼是「道」，知識界、文化界並未得到統一的共識。我們讀到的經典書籍都是經過時間淘汰的作品了，我們承襲了數千年累積的智慧，又增長了多少智慧？幾千年來，有靈性有良心的人至今還在探索人生的眞理、爲人的準則。好幾千年過去了，世道有所改變嗎？進步了嗎？古諺：「直如弦，死道邊；曲如鉤，反封侯。」現在又有多大的不同？現代的書籍，浩如煙海，和古代的書籍不能比了。現代的文化，比古代普遍多了，各專業的研究，務求精密，遠勝古人了；但是對眞理的認識，突破了多少呢？古代珍奇的文物、工藝美術品，當今之世，超越了多少呢？

(4)我們且回頭看看，人類文明最受稱道的人間奇蹟，何等慘酷。

秦始皇少年得志，十三歲即位稱王，二十六年後，兼併天下，統一中國，自稱始皇帝。在位三十四年後，爲了抵禦匈奴，命將軍蒙恬驅使當時曾犯錯誤的人（例如現代的「右派」或「五．一六」）去築長城。相傳孟姜女的丈夫給抓去築長城，一去不返。孟姜女尋夫，到長城下痛哭，哭得長城都塌下了一角，她丈夫的屍體，赫然壓在長城下。當時民謠：「生男愼勿舉，生女哺用脯，不見長城下，屍骸相支拄。」南梁周興嗣編綴的《千字文》，把長城稱爲「紫塞」。據孫謙益參注（上海古籍出版社一九九五年版），「紫塞」即長城也。秦始皇築長城，西起臨洮，東至朝鮮，其長萬里，土色皆紫，故稱「紫塞」。注解雖簡約，也說明問題。我曾考證「紫塞」的出典，只知長城之下土盡紫。一說長城之下有紫色花。我國各地土色不同，有黃土地、紅土地、黑土地等。長達萬里的長城下，土盡紫。爲什麼呢？築長城的老百姓有生還的嗎？一批批全都死在城下了。「屍骨相支拄」，不全都爛在城下了？老百姓血肉之軀摻和了泥土，恰是紫色。這種泥土裏花開紫色，眞是血淚之花了。好大喜功的帝皇奴役人民，創建了人間文明的奇蹟。可憐多年來全國各地的老百姓，千千萬萬的老百姓，辛辛苦苦的勞役，拿生命作犧牲，造成了人類文明的奇蹟。埃及的金字塔，不也是帝皇奴役了千千萬萬、萬萬千千的人民造成的嗎？世界各地歷代文明的創始人，都是一代天驕，都是南征北伐，創立了自己的皇朝，建立了一個朝代又一個朝代的文明。各朝代的精英，都對本朝文明做了有價值的貢獻。但是爲他們打仗的兵丁，被他們征服的人民，受他們剝削的老百姓呢，都只是犧牲品。

天地生人，能是爲了人類的文明嗎？人類的文明，固然有它的價值，可是由以上種種理由，是否可以肯定說：人類的文明，雖然有價值，卻不是天地生人的目的。

（二）天地生人的目的

天生萬物，人爲萬物之靈。天地生人的目的，該是堪稱萬物之靈的人。人雖然渺小，人生雖然短促，但是人能學，人能修身，人能自我完善。人的可貴在人自身。

七　人生實苦

在這個物欲橫流的人世間，人生一世實在是夠苦的。你存心做一個與世無爭的老實人吧，人家就利用你，欺侮你。你稍有才德品貌，人家就嫉妒你、排擠你。你大度退讓，人家就侵犯你、損害你。你要保護自己，就不得不時刻防禦。你要不與人爭，就得與世無求，同時還要維持實力，準備鬥爭。你要和別人和平共處，就先得和他們周旋，還得準備隨處吃虧。你總有知心的人、友好的人。一旦看到他們受欺侮、吃虧受氣，你能不同情氣憤，而要盡力相幫相助嗎？如果看到善良的人受苦受害，能無動於衷嗎？如果看到公家受損害，奸人在私肥，能視而不見嗎？

當今之世，人性中的靈性良心，迷濛在煙雨雲霧間。頭腦的智力愈強，愈會自欺欺人。信仰和迷信劃上了等號。聰明年輕的一代，只圖消費享受，而曾爲靈性良心奮鬥的人，看到自己的無能爲力而灰心絕望，覺得人生只是一場無可奈何的空虛。上帝已不在其位，財神爺當道了。人世間只是爭權奪利、爭名奪位的「名利場」，或者乾脆就稱「戰場」吧。爭得了名利，還得抱住了緊緊不放，不妨豚皮老臉，不識羞恥！享受吧，花了錢尋歡作樂，不又都是「將錢買憔悴」？天災人禍都是防不勝防的。人與人、黨派與黨派、國與國之間爲了爭奪而產生的仇恨狠毒，再加上人世間種種誤解、猜忌、不能預測的煩擾、不能防備的冤屈，只能嘆息一聲：「人生實苦！」多少人只是又操心、又苦惱地度過了一生。貧賤的人，爲了衣、食、住、行，成家立業，生育兒女得操心。富貴的，要運用他們的財富權勢，更得操心。哪個看似享福的人眞的享了福呢？爲什麼總說「身在福中不知福」呢？旁人看來是享福，他本人只在煩惱啊！爲什麼說「家家都有一本難念的經」呢？因爲逼近了看，人世處處都是苦惱啊！爲什麼總說「需知世上苦人多」啊？最闒茸無能之輩，也得爲生活操心；最當權得勢的人，當然更得操心。上天神明，創造了有頭有腦、有靈性良心的人，專叫他們來吃苦的嗎？

八 人需要鍛煉

大自然的神明，我們已經肯定了。久經公認的科學定律，我們也都肯定了。牛頓在《原理》一書裏說：「大自然不做徒勞無功的事。不必要的，就是徒勞無功的。」（Nature does nothing in vain.The more is in vain when the less will do.）（參看三聯書店的《讀書》二〇〇五年第三期一四八頁，何兆武《關於康得的第四批判》）哲學家從這條原理引導出他們的哲學。我不懂哲學，只用來幫我自問自答，探索一些家常的道理。

大自然不做徒勞無功的事，那麼，這個由造化小兒操縱的人世，這個累我們受委屈、受苦難的人世就是必要的了。爲什麼有必要呢？

有一個明顯的理由。人有優良的品質，又有許多劣根性雜揉在一起，好比一塊頑鐵得火裏燒，水裏淬，一而再，再而三，又燒又淬，再加千錘百煉，才能把頑鐵煉成可鑄寶劍的鋼材。黃金也需經過燒煉，去掉雜質，才成純金。人也一樣，我們從憂患中學得智慧，苦痛中煉出美德來。孟子說：「故天將降大任於斯人也，必先苦其心志，勞其筋骨，餓其體膚，空乏其身，行拂亂其所為，所以動心忍性，增益其所不能。」（《孟子・告子》）就是說，如要鍛煉一個能做大事的人，必定要叫他吃苦受累，百不稱心，才能養成堅忍的性格。一個人經過不同程度的鍛煉，就獲得不同程度的修養，不同程度的效益。好比香料，搗得愈碎，磨得愈細，香得愈濃烈。這是我們從人生經驗中看到的實情。諺語：「十磨九難出好人」；「人在世上煉，刀在石上磨」；「千錘成利器，百煉變純鋼」；「不受苦中苦，難為人上人。」都說明以上的道理。

我們最循循善誘的老師是孔子。《論語》裏孔子的話，都因人而發，他從來不用教條。但是他有一條重要的教訓。最理解他的弟子曾參，怕老師的教訓久而失傳，在《大學》章裏記下老師二百零五字的教訓。其中最根本的一句是：「自天子以至庶人，壹是皆以修身爲本」。修身，不就是鍛煉自身嗎？

修身不是爲了自己一身，是爲了齊家、治國、平天下。平天下不是稱王稱霸，而是求全世界的和諧和平。有的國家崇尚勇敢，有的國家高唱自由、平等、博愛。中華古國向來崇尚和氣，「致中和」，從和諧中求「止於至善」。

要求世界和諧，首先得治理本國。要治國，先得齊家。要齊家，先得修身。要修身，先得正心，就是說，不能偏心眼兒。要擺正自己的心，先得有誠意，也就是對自己老老實實，勿自欺自騙。不自欺，就得切切實實瞭解自己。要瞭解自己，就得對自己有客觀的認識，所謂格物致知。

瞭解自己，不是容易。頭腦裏的智力是很狡猾的，會找出種種歪理來支持自身的私欲。得對自己毫無偏愛，像偵探偵察嫌疑犯那麼窺伺自己，在自己毫無防備、毫無掩飾的時候——例如在夢中，在醉中，在將睡未睡的胡思亂想中，或心滿意足、得意忘形時，捉住自己平時不願或不敢承認的私心雜願。在這種境界，有誠意擺正自己的心而不自欺的，會憬然警覺：「啊！我自以爲沒這種想頭了，原來是我沒有看透自己！」一個人如能看明自己是自欺欺人，就老實了，就不偏護自己了。這樣才會認眞修身。修身就是管制自己的情欲，超脫「小我」，而順從靈性良心的指導。能這樣，一家子可以很和洽。家和萬事興。家家和洽，又國泰民安，就可以謀求國際間的和諧共榮，雙贏互利了。在這樣和洽的境界，人類就可以齊心追求「至善」。這是孔子教育人民的道理。孟子繼承發揮並充實了孔子的理論。我上文所講的，都屬「孔孟之道」。「孔孟之道」無論能不能實現，總歸是一個美好的理想，比帝國主義、民族主義、資本主義都高出多多了。

理想應該是崇高的，難於實現而令人企慕的，才値得懸爲理想。如果理想本身就令人不滿，就夠不上理想了。比如西方宗教裏的天堂：上帝坐在寶座上，聖人環坐左右，天使吹喇叭，好人都在天堂上齊聲歡唱，讚美上帝，什麼事也不幹。這種天堂不是無聊又無趣嗎？難怪有些詩人、文人說，天堂上太無聊，他們連宗教也不熱心了。我國有自稱的道家，講究燒煉的法術，要求做「半仙」或「地仙」，能帶著個肉體，肆無忌憚地享受肉欲而沒有人世間的苦惱。這是我國歷代帝王求仙的目的。只是人世間沒有這等仙道，只能是妄想而已。

修身——鍛煉自身，是做人最根本的要求。天生萬物的目的，該是堪稱萬物之靈的人。但是天生的人，善惡雜揉，還需鍛煉出純正的品色來，才有價值。這個苦惱的人世，恰好是鍛煉人的處所，好比煉鋼的工廠，或教練運動員的操場，或教育學生的教室。這也說明，人生實苦確是有緣故的。

九　修身之道

人的軀體是肉做的，不能錘打，不能火燒水淬。可是人的靈性良心；愈煉愈強。孔子強調修身，並且也指出了修身之道。

靈性良心鍛煉肉體，得有合適的方法。肉體需要的「飲食男女」，不得滿足，人就會病死；強烈的感情不得發洩，人就會發瘋。靈性良心在管制自己的時候，得寬容，允許身心和諧。克制自己，當恰如其分。所謂「齊之以禮，和之以樂」，就是用禮樂來調節、克制、並疏導。

孔子很重視「禮」和「樂」。《禮記》裏講得很周到，但《禮記》繁瑣。我免得捨本逐末，只採用《禮記》裏根本性的話，所謂「禮之本」。孔子曰「禮者，理也。……理從宜。」（《曲禮》）。這就是說，「禮」指合理、合適。禮「以治人之情。……」（《禮運》）。喜、怒、哀、懼、愛、惡、欲，是人的感情，都由肉體的欲念而來，需用合理、合適的方法來控制。要求「達天道，順人情。……」（《禮運》）。肉體的基本要求不能壓抑，要給以適度的滿足。這個適度，就是「理」和「宜」。孔子愛音樂，往往「禮樂」二字並用。「樂者天地之和也，禮者天地之序也……」「禮也者，理也；樂也者，節也；……言而履之，禮也；行而樂之，樂也。」（《仲尼燕居》）。這就是說，感情當用合適的方法來控制，並由音樂而得到發洩和歡暢。

《論語》「顏淵問仁。子曰『克己復禮爲仁。……』顏淵曰：『請問其目』。子曰『非禮勿視，非禮勿聽，非禮勿言，非禮勿動。』」（《顏淵十二》）。這裏的「禮」，不是繁瑣的禮節，而指靈性良心所追求的「應該」，也就是《禮記》所說的「理」和「宜」。

人必需修身，而修身需用又合適又和悅的方法。

十　受鍛煉的是靈魂

（一）人受鍛煉

人受鍛煉或「我」受鍛煉，受鍛煉的是有生命的人。一個有生命的人，有肉體又有靈魂。這兩者之間，有個主次問題。肉體爲主呢，還是靈魂爲主？看得見的是肉體，肉體沒有靈魂是屍體。所以毫無疑問，主要的是靈魂。但靈魂得附著在肉體上，才有可受鍛煉的物體。沒有肉體，靈魂怎麼鍛煉呢？

運動員受訓練，練出了壯健的肌肉筋骨，同時也練出了吃苦耐勞、堅持不懈的意志。肌肉筋骨屬肉體，吃苦耐勞、堅持不懈的意志屬精神，肢體能傷殘，意志卻和生命同存，這是不容置疑的。

奧運會原是古希臘享神的賽會。古希臘滅亡後早已廢棄。十九世紀法國顧拜旦男爵（Baron Pierre de Coubertin）有鑒於當代商業化的弊端，提倡公平競賽和古希臘運動員勝不驕、敗不餒的品德，重興了奧運會。奧運會的精神：爭取提高自身的能力，勝人一籌；比賽講究公正合理，光明磊落，不容欺騙作僞。訓練體格，也鍛煉人的品格。孔子曰：「君子無所爭，必也射乎，揖讓而升，下而飲，其爭也君子。」（《八佾第三》）「其爭也君子」的君子之風，和奧運精神略有相似處。每個人都要有爭取勝人一籌的志氣，而在與人競賽中，練就公正合理、崇尚道義的品格。當今商業化的社會，很需要這種作風，推而廣之，無論商業界或其他各行各業，都該有奧運精神。受鍛煉的肉體不免死亡，崇尚道義的精神就像點燃的聖火，遍傳天下，永恆不滅。

所以受鍛煉的是肉體，由肉體的媒介，鍛煉出來的是精神。

（二）在肉體和靈魂之間，「我」在哪一邊？

一個有生命的人，自稱「我」。「我」在肉體的一邊呢，還是在靈魂一邊？據腦科專家的定論，人的腦袋像一架精密的電腦或互聯網。自我的意識，從大腦前額延伸至兩耳的區內產生，但大腦裏沒有「自我」的領域。大腦不同區域的感覺，在交流的時候，才產生「自我」的意識。所以一位哲學家說：我思維，所以感覺到我的存在。

腦子確像精密的電腦，確像複雜的互聯網，可是我如果不按電鈕，這架機器，不會自動操作。

肉體有許多本能，不用動腦筋，而且不由自主，例如飲、食、男女、便、溺等等。雖然不由自主，在文明社會裏，也得自己管制。我偶見同院一個三四歲的小男孩急急往家跑，一面對我說：「奶奶，我糊塗了，我溺褲褲了！」他糊塗了，因為沒管住自己。不會說話的小娃娃，也懂得便溺要及早向大人示意。所以連吃、喝、拉、撒等全不用腦筋的事，也不得自由，得由「我」管著。肉體既然由「我」管著，就不會自稱「我」。「我」是靈魂的自稱。

(三) 鍛煉的成績

受鍛煉的肉體和靈魂雖有主次之分，肉體和靈魂卻結合得非常緊密，是不可分割的整體。靈魂和肉體一同追求情欲，一同享受情欲滿足的快樂，一同感受情欲不得滿足的抑鬱，一同享受滿足以後的安靜、或饜足、或厭倦、或滿足了還不足，還要重複，或要求更深的滿足。一句話，肉體和靈魂是一體，靈魂憑藉肉體而感受肉體的享樂。例如仙女思凡，她得投生人世，憑藉肉體，才能滿足她的凡心。又如「半仙」「地仙」之流，不都是憑藉肉體，才能享受肉欲嗎？

每個人經過順人情又合理性的鍛煉，就能超脫原先的「小我」而隨著靈性良心的指導，成爲有道德修養的人。但人的劣根性是頑強的。少年貪玩，青年迷戀愛情，壯年汲汲於成名成家，暮年自安於自欺欺人。人壽幾何，頑鐵能煉成的精金，能有多少？但不同程度的鍛煉，必有不同程度的成績；不同程度的縱欲放肆，必積下不同程度的頑劣。人皆可以爲堯舜，也可以成爲惡劣的刁徒或卑鄙的小人。鍛煉必定留下或多或少的成績。

肉體和靈魂是擰成一股的。一同作惡，也一同爲善。一同受鍛煉，一同不受鍛煉。靈魂隨著肉體在苦難的人世度過一輩子，如果隨著肉體的劣根性縱欲貪歡，這個靈魂就隨著變壞了。「好惡無節於內，知誘於外，不能反躬，天理滅矣。……滅天理而窮人欲者也。」（《禮記．樂記》）如果這個人順從靈性良心的指引，接受鍛煉，就能煉成一個善良的靈魂。善良的靈魂，體質未必壯健，面貌未必美好。刁惡的靈魂、體質未必羸弱，面貌未必醜陋；靈魂的美惡，不體現在肉體上。

肉體和靈魂的結合有完了的時候。人都得死。人死就是靈魂和肉體的分離。肉體離開了靈魂就成了屍體。屍體燒了或埋了，只剩下灰或土了。但是肉體的消失，並不影響靈魂受鍛煉後所得的成果。因爲肉體和靈魂在同受鍛煉的時候，是靈魂憑藉肉體受鍛煉，受鍛煉的其實是靈魂，肉體不過是一個中介。肉體和靈魂同享受，是靈魂憑藉肉體而享受。肉體和靈魂一同放肆作惡，罪孽也留在靈魂上，肉體不過是個中介。所以人受鍛煉，受鍛煉的是靈魂，肉體不過是中介，鍛煉的成績，只留在靈魂上。

靈魂接受或不接受鍛煉，就有不同程度的成績或罪孽。靈魂和肉體結合之後，同在人世間過了一輩子。這一輩子裏，靈魂或爲善，或作惡，或受鍛煉，或不受鍛煉。受鍛煉的品質會改好，不受鍛煉而肆欲放縱的，品質就變壞。爲善或作惡的程度不同，受鍛煉的程度又不同，靈魂就有不同程度的改好或變壞。靈魂的品質就有不同程度的改變，不復是當初和肉體結合的靈魂了。改變的程度各各不同，靈魂就成了個個不同、個個特殊的靈魂。「我」的靈魂雖然變了，還一貫是「我」的靈魂，還自稱「我」。「我」活著的時候，「我」的靈魂自稱「我」。「我」死之後，「我」的靈魂還自稱「我」。所以「我」死之後，肉體沒有了，「我」的靈魂還和「我」在一起呢！不過沒有肉體的魂，我們稱鬼魂了。

十一　人生的價值

人生一世，爲的是什麼？

按基督教的說法，人生一世是考驗。人死了，好人的靈魂升天。不好不壞又好又壞的人，靈魂受到了該當的懲罰，或得到充分的淨化之後，例如經過煉獄裏的燒煉，也能升天。大凶大惡，十惡不赦的下地獄，永遠在地獄裏燒。我認爲這種考驗不公平。人生在世，遭遇不同，天賦不同。有人生在富裕的家裏，又天生性情和順，生活幸運，做一個好人很現成。若處境貧困，生情頑劣，生活艱苦，墮落比較容易。若說考驗，就該像入學考試一樣，同等的學歷，同樣的題目，這才公平合理。

佛家輪迴之說，說來也有道理。考驗一次不夠，再來一次。但因果之說，也使我困惑。因因果果，第一個因是什麼呢？人生一世，難免不受人之恩，或有惠於人，又造成新的因果，報來報去，沒完沒了。而且沒良心的人，受惠於人，只說是前生欠我。輕率的人，想做壞事，只說反正來生受罰，且圖眼前便宜。至於上刀山、下油鍋等等酷刑，都是難爲肉體的。當然，各種宗教的各種說法，我都不甚理解，不過，我尊重一切宗教。但宗教講的是來世，我只是愚昧而又渺小的人，不能探索來世的事。我只求知道，人在這個世界上，生活了一輩子，能有什麼價值。

天地生人，人爲萬物之靈。神明的大自然，著重的該是人，不是物；不是人類創造的文明，而是創造人類文明的人。只有人類能懂得修煉自己，要求自身完善。這也該是人生的目的吧！

堅信「人死了，什麼都沒有了」的聰明朋友們，他們所謂「什麼都沒有了」，無非斷言人死之後，靈魂也沒有了。至於人生的價值，他們倒並未否定。不是說，「留下些聲名」嗎？這就是說，能留下的是身後之名。但名與實是不相符的。「一將成名萬骨枯」。但戰爭中奉獻生命的「無名英雄」更受世人的崇敬與愛戴，我國首都天安門廣場上，正中不是有「人民英雄紀念碑」嗎？歐洲許多國家，總把紀念「無名英雄」的永不熄滅的聖火，設在大教堂的大門正中，瞻仰者都深懷感念，駐足致敬。我們人世間得到功勳的人，都賴有無數默默無聞的人，爲他們作出貢獻。默默無聞的老百姓，他們活了一輩子，就毫無價值嗎？從個人的角度看，他們自己沒有任何收穫，但是從人類社會集體的角度看，他們的功績是歷代累積的經驗和智慧。人類的文明是社會集體共同造成的。況且身後之名，又有什麼價值呢？聲名顯赫的人，死後沒多久，就被人淡忘了。淡忘倒也罷了，被不相識、不相知的人說長道短，甚至戲說、惡搞，沒完沒了，死而有知，必定不會舒服。聲名，活著也許對自己有用，死後只能被人利用了。

聰明的年輕朋友們，堅信人死了什麼都沒有了，至多只能留下些名氣。那麼，默默奉獻的老實人，以及所有死後沒有留下名氣的人，活了一輩子，就是沒有什麼價值的了！有名的，只是絕少數；無名的倒是絕大多數呢。無怪活著的人一心要爭求身後之名了！一代又一代的人，從生到死、辛辛苦苦、忙忙碌碌，只爲沒有求名，或沒有成名，只成了毫無價值的人！反而不如那種自炒自賣、欺世盜名之輩了！這種價值觀，太不合理了吧！

匹夫匹婦，各有品德。爲人一世，都有或多或少的修養。俗語：「公修公得，婆修婆得，不修不得」。「得」就是得到的功德。有多少功德就有多少價値。而修來的功德不在肉體上而在靈魂上。所以，只有相信靈魂不滅，才能對人生有合理的價値觀，相信靈魂不滅，得是有信仰的人。有了信仰，人生才有價値。

其實，信仰是感性的，不是純由理性推斷出來的。人類天生對大自然有敬畏之心。統治者只是藉人類對神明的敬畏，順水推舟，因勢利導，爲宗教定下了隆重的儀式，藉此維護統治的力量。其實虔信宗教的，不限於愚夫愚婦。大智大慧、大哲學家、大科學家、大文學家等信仰上帝的虔誠，遠勝於愚夫愚婦。例如博學多識的約翰生博士就是非常虔誠的基督徒。創作《堂・吉訶德》的塞萬提斯，在戰役中被俘後，「三位一體」教會出了絕大部分贖金把他贖回。他去世後，他的遺體，埋在「三位一體」修道院的墓園裏。（參看 Juan Luis Alborg《西班牙文學史》第二冊第二章。Gredos 書店一九八一年馬德里版）修道院的墓園裏，絕不會容納異教徒的遺體；必定是宗教信仰相同的人，才願意死後遺體相守在一起。

據說，一個人在急難中，或困頓苦惱的時候，上帝會去敲他的門——敲他的心扉。他如果開門接納，上帝就在他心上了，也就是這個人有了信仰。一般人的信心，時有時無，若有若無，或是時過境遷，就淡忘了，或是有求不應，就懷疑了。這是一般人的常態。沒經鍛煉，信心是不會堅定的。

在人生的道路上，如一心追逐名利權位，就沒有餘暇顧及其他。也許到臨終「迴光返照」的時候，才感到悔慚，心有遺憾，可是已追悔莫及，只好飲恨吞聲而死。一輩子鍛煉靈魂的人，對自己的信念，必老而彌堅。

一個人有了信仰，對人生才能有正確的價值觀。如果說，人死了什麼都沒有了，只能留下些名聲，或留下一生的貢獻，那就太不公平了。沒有名氣的人呢？欺世盜名的大師，聲名倒大得很呢！假如是殘疾人，或疾病纏身的人，能有什麼貢獻？他們都沒價值了？

英國大詩人彌爾頓（John Milton 1608-1674）四十四歲雙目失明，他爲自己的失明寫了一首十四行詩，大意我撮述如下。他先是怨苦：還未過半生，已失去光明，在這個茫茫黑暗的世界上，他唯有的才能無從發揮，眞是死一般的難受；他雖然一心要爲上帝效勞，卻是力不從心了。接下，「忍耐之心」立即予以駁斥：「上帝既不需要人類的效勞，也不需要他賦與人類的才能。誰最能順從他的駕馭，就是最出色的功勞。上帝是全世界的主宰。千千萬萬的人，無休無止地聽從著他的命令，在陸地上奔波，在海洋裏航行。僅僅站著恭候的人，同樣也是爲上帝服務。這首詩也適用於疾病纏身的人。如果他們順從天意，承受病痛，同樣是爲上帝服務，同樣是功德，因爲同樣是鍛煉靈魂，在苦痛中完善自己。

佛家愛說人生如空花泡影，一切皆空。佛家否定一切，唯獨對信心肯定又肯定。「若復有人……能生信心……乃至一念生淨信者……得無量福德。……若復有人於此經中受持，乃至四句偈等，爲他人說，其福勝彼……」（《金剛般若波羅密經》)。爲什麼呢?因爲我佛無相,非但看不見,也無從想像。能感悟到佛的存在,需有「宿根」「宿慧」,也就是說,需有經久的鍛煉。如能把信仰傳授於人,就是助人得福,功德無量。

基督教頌揚信、望、愛三德。有了信仰,相信靈魂不死,就有永生的希望。有了信仰,上帝就在他心裏了。上帝是慈悲的,心上有上帝,就能博愛衆庶。

蘇格拉底堅信靈魂不滅,堅信絕對的眞、善、美、公正等道德概念。他堅持自己的信念,寧願飲鴆就義,不肯苟且偷生。因信念而選擇死亡,歷史上這是第一宗,被稱爲僅次於基督之死。

蘇格拉底到死很從容,而耶穌基督卻是承受了血肉之軀所能承受的最大痛苦。他不能再忍受了,才大叫一聲,氣絕身亡。我讀《聖經》到這一句,曾想,他大叫一聲的時候,是否失去信心了?但我立即明白,大叫一聲是表示他已忍無可忍了,他也隨即氣絕身亡。爲什麼他是救世主呢?並不因爲他能變戲法似的把水變成酒,把一塊麵包變成無數麵包,也並不因爲他能治病救人,而是因爲他證實了人是多麼了不起，多麼偉大，雖然是血肉之軀，能爲了信仰而承受這麼大的痛苦。他證實了人生是有意義的，有價値的。耶穌基督是最偉大的人，百分之百的克制了肉體。他也立即由人而成神了。

我站在人生邊上，向後看，是要探索人生的價値。人活一輩子，鍛煉了一輩子，總會有或多或少的成績。能有成績，就不是虛生此世了。向前看呢，再往前去就離開人世了。靈魂既然不死，就和靈魂自稱的「我」，還在一處呢。

這個世界好比一座大熔爐，燒煉出一批又一批品質不同而且和原先的品質也不相同的靈魂。有關這些靈魂的問題，我能知道什麼？我只能胡思亂想罷了。我無從問起，也無從回答。孔子曰：「未知生，焉知死」（《先進十一》），「不知爲不知」，我的自問自答，只可以到此爲止了。

結束語

我是舊社會過來的「老先生」。「老先生」是「老朽」的尊稱。我向來接受聰明的年輕人對我這位老先生的批判。這篇文字還是我破題兒第一遭向他們提出意見，並且把我頭腦裏糊裏糊塗的思想，認眞整理了一番，寫成這一連串的自問自答。「結束語」還不是問答的結束，而是等待著聰明的讀者，對這篇「自問自答」的批判，等待他們爲我指出錯誤。希望在我離開人世之前，還能有所補益。

注　釋

作者按：注釋不以先後排列，
長短不一，每篇皆獨立完整。

一　阿菊闖禍

錢鍾書淪陷在上海的時候，想寫《圍城》。我爲了省儉，兼做灶下婢。《圍城》足足寫了兩年。抗日戰爭勝利前夕，美軍曾轟炸上海，鍾書已護送母親回無錫。一九四五年秋，日寇投降後，我們生活還未及好轉，《圍城》還未寫完，我三姊憐我勞悴，爲我找了個十七歲的女孩阿菊，幫我做做家事。阿菊從未幫過人，到了我家，未能爲我省事，反爲我生事了。她來不久就闖了個不小的禍。

我照常已把晚飯做好，圓圓和鍾書已把各人的筷子、碟子擺上飯桌，我已坐在飯桌的座位上等候吃晚飯了。他們兩個正準備幫助阿菊端上飯菜。忽見圓圓驚惶慌張地從廚房出來急叫：「娘！娘！！不好了！！！快快快，快，快，快！！！！」接著鍾書也同樣驚惶慌張地喊：「娘！快快快快快！！！」我忙起身趕到廚房去，未及進門，就看見當門一個面盆口那麼粗的火柱子熊熊燃燒，從地面直往上升，幾個火舌頭，爭著往上舔，離房頂只一寸兩寸了。地上是個洋油爐。廚房極小，滿處都是易燃物，如盛煤球的破筐子，邊上戳出一根根薄薄的篾片，煤爐四圍有劈細的木柴，有引火用的枯炭，還有滿小筐子鋼炭，大堆未劈的木柴；破舊的木桌子下，堆滿了待我做成煤餅的純煤末子，還有一桶洋油。如爆落下幾點火星，全廚房就烘烘地著火了。洋油桶如爆炸，就是一場火災了。

勝利前夕，柴米奇缺的時候，我用爸爸給的一兩黃金，換得一石白米，一箱洋油。一兩黃金，值不知多少多少紙幣呢。到用的時候，只值一石大米，一箱洋油。一石是一百六十斤。洋油就是煤油，那時裝在洋鐵箱裏，稱一箱，也稱一桶。洋油箱是十二方寸乘二十寸高的長方箱子，現在很少人見過洋油箱了，從前用處可大呢。斜著劈開，可改成日用的洋鐵簸箕。一只洋油箱，可改做收藏食品的容器。洋油箱頂上有絆兒可提，還有個圓形的倒油口，口上有蓋子。

洋油爐呢，底下儲油的罐兒只有小面盆底那麼大小，高約一寸半，也有個灌油的口子，上面也有蓋。口子只有五分錢的鎳幣那麼大。洋油箱的倒油口，有玻璃杯底那麼大。要把洋油箱裏的油灌入洋油爐，不是易事。洋油爐得放到破木桌上，口子上插個漏斗。洋油箱得我用全力抱上桌子，雙手抱住油箱，往漏斗裏灌入適量的洋油，不能太多，少也不上算，因爲加一次油很費事。這是我的專職。我在學生時代，做化學實驗，「操作」是第一名，如倒一試管濃鹽酸，總恰好適量，因爲我膽大而手準。

用洋油爐，也只爲省儉。晚飯是稠稠的白米粥，煮好了焐在「暖窩」裏——「暖窩」是自製的，一只破網籃墊上破棉絮，著了火很經燒呢。煤爐就能早早熄滅，可以省煤。放上水壺，還能利用餘熱賺些溫水。貧家生活，處處費打算，灶下婢這等儉嗇，不知能獲得幾分同情。涼菜只需涼拌，中午吃剩的菜，就在洋油爐上再煮煮，很省事。

阿菊嫌洋油爐的火太小。她見過我灌油。她提一箱洋油綽有餘力，不用雙手抱。洋油爐她懶得端上桌子，就放在地上。幸虧她偷懶，如搬上桌子，火柱子就立即燒上屋頂了。她在漏斗裏注滿洋油，油都溢出來，不便再端上桌，準備在地上熱菜了，她劃一支火柴一點，不料冒出了這麼大的一個火柱子，把她嚇傻了，幸虧阿圓及時報警，鍾書也幫著「叫娘」，我趕到廚房，她還傻站著呢。

我向來能鎮靜，也能使勁想辦法。小時候在啓明上學時，一同學陷泥裏，我就是使勁一想，想出辦法，就發號施令，在小鬼中當上了大王。這時我站在火柱旁邊，非常平靜，只說：「你們一個都不許動。」六隻眼睛盯著我急切等待。我在使勁想。洋油燃燒，火上加水萬萬使不得。爐灰呢，洋鐵簸箕裏只有半簸箕，決計壓不滅這炎炎上騰的火柱。壓上一床厚被吧，非浸透了水，也還不保險。火柱子上的舌頭，馬上要舔上屋頂了。形勢和時間，都刻不容緩了。我想，得用不怕火的東西，把火柱罩上。面盆太大，我要個洋瓷痰盂，扣上。廚房門外，有小小一方空地，也稱院子。院子通往後門，也通往全宅合用的廁所。這院子裏晾著許多洗乾淨的洋瓷尿罐，這東西比痰盂還多個把手，更合用。說時慢，想時快。我輕輕挨出廚房，拿了個大小合度的小洋瓷尿罐，翻過來，伸進火柱，往洋油爐上一扣，火柱奇蹟般立即消滅，變成七八條青紫色的小火蛇，在扣不嚴的隙縫裏亂竄。我說：「拿爐灰來堵上。」阿菊忙搬過盛爐灰的簸箕。我們大家把爐灰一把一把抓來堵住隙縫，火蛇一會兒全沒了。一個炎炎上騰的大火柱，一會兒就沒有了。沒事了！！

洋油爐上那鍋沒有熱透的剩菜，湊合著吃吧。開上飯來，阿圓快活得嘻嘻哈哈地笑，鍾書和女兒一樣開心。阿菊看到大事化爲沒事，忍不住溜上樓去，把剛才失火的事，講給樓上兩個老媽媽聽。據說，和我們住同樣房子的鄰居也曾廚房失火，用棉被壓火，釀成火災，叫了救火車才撲滅。

我看著鍾書和阿圓大小兩個孩子快活得嘻嘻哈哈，也深自慶幸。可是我實在吃驚不小，吃了一碗粥都堵在心口，翻騰了半夜才入睡。

二　溫德先生爬樹

一九四九年全國解放後，錢鍾書和我得到了清華大學的聘書，又回母校當教師。溫德先生曾是我們倆的老師。據說他頗有「情緒」，有些「進步包袱」。我們的前輩周培源、葉企孫等老師，還有溫德先生的老友張莫若老師，特別囑咐我們兩個，多去看望溫德老師，勸導勸導。我因爲溫先生素有「厭惡女人」（woman hater）之名，不大敢去。鍾書聽我說了大笑，說我這麼大年紀了，對這個詞兒的涵意都不懂。以後我就常跟著鍾書同去，溫先生和我特友好。因爲我比鍾書聽話，他介紹我看什麼書，我總像學生般服從。溫先生也只爲「蘇聯專家」工資比他高三倍，心上不服，經我們解釋，也就心平氣和了。不久鍾書被借調到城裏參與翻譯《毛選》工作，看望溫先生的任務，就落在我一人身上了。

溫先生有事總找我。有一天他特來我家，說他那兒附近有一架長竹梯他要借用，請我幫他抬。他告訴我，他特寵的那隻純黑色貓咪，上了他家東側的大樹，不肯下來。他準備把高梯架在樹下，上梯把貓咪捉下來。他說，那隻黑貓如果不回家，會變成一隻野貓。

梯子搬到他家院子裏，我就到大樹下找個可以安放梯子的地方。大樹長在低窪處，四周都是大大小小的石塊和土墩。近樹根處，雜草叢生，還有許多碎石破磚，實在沒個地方可以安放這架竹梯。溫先生也圍著樹根找了一轉，也沒找到哪個地方可以安放那架長梯。近了，梯子沒個立足之地；遠了，靠不到樹上。這架梯子乾脆沒用了。我們仰頭看那黑貓高踞樹上，溫先生做出種種呼喚聲，貓咪傲岸地不理不睬。

我脫口說：「要是我小時候，我就爬樹。」

沒想到這話激得溫先生忘了自己的年紀，或不顧自己的年紀了。他已有六十多歲，人又高大，不像他自己估計的那麼矯捷了。他說：「你以為我就不能上樹了嗎?!」

我駟不及舌，忙說：「這棵樹不好上。」因為最低的橫枝，比溫先生還高出好老遠呢。這話更是說壞了。溫先生立即把外衣脫下，扔了給我，只穿著一件白色襯衣，走到樹下，爬上一塊最大的石頭，又從大石頭跳上最高的土墩，縱身一跳，一手攀上樹枝，另一手也搭上了，整個人掛在空中。我以為他會知難而退，可是他居然能用兩臂撐起身子，然後騎坐樹枝上。他伸手把襯衫口袋裏的眼鏡盒兒掏了出來，叫我過去好生接著。我知道溫先生最討厭婆婆媽媽，到此境地，我不敢表示為他害怕，只跑到樹下去接了他扔下的眼鏡盒兒。他嫌那盒兒塞在胸前口袋裏礙事。他像蛇一般貼在那橫枝上，向貓咪踞坐的高枝爬去。我捏著一把汗，屏息而待。他慢慢地爬過另一樹枝，爬向貓咪踞坐的高枝。但是貓咪看到主人來捉，就輕捷地更往高處躲。溫先生越爬越高，貓咪就步步高升。樹枝越高越細。這棵樹很老了，細樹枝說不定很脆。我不敢再多開口，只屏息觀望。如果溫先生從高處摔下，後果不堪設想。樹下不是鬆軟的泥土，是大大小小的石塊，石縫裏是碎石破磚。幸虧溫先生看出貓咪刁鑽，決不讓主人捉住。他只好認輸，仍從原路緩緩退還。我沒敢吭一聲，只仰頭屏息而待。直到他重又雙手掛在樹枝上，小心地落在土墩上，又跳下大石，滿面得意，向我討還了他的眼鏡盒兒又接過了他的外衣，和我一同回到他的屋裏。

我未發一聲。直到我在他窗前坐下，就開始發抖，像發瘧疾那樣不由自主的牙齒捉對兒廝打，抖得心口都痛了。我不由得雙手抱住胸口，還只顧抖個不了。溫先生正等待著我的恭維呢！準備自誇呢！瞧我索索地抖個不了，詫異地問我怎麼回事，一面又笑我，還特地從熱水瓶裏爲我倒了大半杯熱水。我喝了幾口熱水，照樣還抖。我怕他生氣，掙扎著斷斷續續說：「溫先生，你記得 Sir William James 的 *Theory of Emotion* 嗎」？溫先生當然讀過 Henry James（1843-1916）的小說，但他也許並未讀過他哥哥 William James（1842-1910）的心理學。我只是偶然讀過一點點。照他的學說，感情一定得發洩。感情可以壓抑多時，但一定要發洩了才罷休。溫先生只是對我的發抖莫名其妙，我好容易抖完，才責怪他說：「你知道我多麼害怕嗎？」他雖然沒有捉住貓咪，卻對自己的表演十分得意。我抖完也急急回家了，沒和他講究那套感情的理論。

李愼之先生曾對我說：「我覺得最可怕是當『右派』，至今心上還有說不出的怕。」我就和他講了我所讀到的理論，也講了我的親身經驗，我說他還有壓抑未洩的怕呢。

三　勞神父

我小時候，除了親人，最喜歡的是勞神父。什麼緣故，我自己也不知道。也許因爲每次大姊姊帶了我和三姊姊去看他，我從不空手回來。我的洋玩意兒都是他給的。不過我並不是個沒人疼的孩子。在家裏，我是個很嬌慣的女兒。在學校，我總是師長偏寵的學生。現在想來，大約因爲勞神父喜歡我，所以我也喜歡他。

勞神父第一次贈我一幅信封大小的繡片，並不是洋玩意兒。繡片是白色綢面上繡一個紅衣、綠褲、紅鞋的小女孩兒，拿著一把扇子，坐在椅子上乘涼。上面覆蓋一張卡片，寫著兩句法文：「在下學期再用功上學之前，應該好好休息一下了。」「送給你最小的妹妹」。卡片是寫給大姊姊的，花字簽名的旁邊，還畫著幾隻鳥兒，上角還有個帶十字架的標記。他又從自己用過的廢紙上，裁下大小合度的一方白紙，雙疊著，把繡片和卡片夾在中間，面上用中文寫了一個「小」字，是用了好大功力寫的。我三姊得的繡片上是五個翻跟斗的男孩，比我的精緻得多。三姊姊的繡片早已丟到不知哪裏去了。我那張至今還簇新的。我這樣珍藏著，也可見我眞是喜歡勞神父。

他和我第一次見面時，對我說：他和大姊姊說法語，和三姊姊說英語，和我說中國話。他的上海話帶點洋腔，和我講的話最多，都很有趣，他就成了我很喜歡的朋友。

他給我的洋玩意兒，確也是我家裏沒有的。例如揭開盒蓋就跳出來的「玩偶盒」（Jack-in-the-box）；一木盒鐵制的水禽，還有一隻小輪船，外加一個馬蹄形的吸鐵石，玩時端一面盆水，把鐵制的玩物浮在水上，用吸鐵石一指，滿盆的禽鳥和船都連成一串，聽我指揮。這些玩意兒都留在家裏給弟妹們玩，就玩沒了。

一九二一年暑假前，我九歲，等回家過了生日，就十歲了。勞神父給我一個白紙包兒，裏面好像是個盒子。他問我知不知道亞當、夏娃逐出樂園的故事。我已經偷讀過大姊姊寄放在我台板裏的中譯《舊約》，雖然沒讀完，這個故事很熟悉。勞神父說：「好，我再給你講一個。」故事如下：

「從前有個叫化子，他在城門洞裏坐著罵他的老祖宗偷吃禁果，害得他吃頓飯都不容易，討了一天，還空著肚子呢。恰好有個王子路過，他聽到了叫化子的話，就把他請到王宮裏，叫人給他洗澡，換上漂亮衣服，然後帶他到一間很講究的臥室裏，床上鋪著又白又軟的床單。王子說：這是你的臥房。然後又帶他到飯廳裏，飯桌上擺著一桌香噴噴、熱騰騰的好菜好飯。王子說：這是我請你吃的飯；你現在是我的客人，保管你吃得好，穿得好，睡得好；只是我有一道禁令，如果犯了，立刻趕出王宮。

「王子指指飯桌正中的一盤菜，上面扣著一個銀罩子。王子說：『這個盤子裏的菜，你不許吃，吃了立即趕出王宮。』

「叫化子在王宮裏吃得好，穿得好，睡得好。日子過得很舒服，只是心癢癢地要知道扣著銀罩子的那盤菜究竟是什麼。過了兩天，他實在忍不住了，心想：我不吃，只開一條縫縫聞聞。可是他剛開得一縫，一隻老鼠從銀罩子下直竄出來，逃得無影無蹤了。桌子正中的那只盤子空了，叫化子立即被趕出王宮。」

勞神父問我：「聽懂了嗎？」

我說：「懂。」

勞神父就把那個白紙包兒交給我，一面說：「這個包包，是我給你帶回家去的。可是你得記住：你得上了火車，才可以打開。」我很懂事地接過了他的包包。

從勞神父處回校後，大姊姊的許多同事——也都是我的老師，都知道我得了這麼個包包。她們有的拿來掂掂，搖搖；有的拿來聞聞，都關心說：包包裏準是糖。這麼大熱天，封在包包裏，一定化了，軟了，壞了。我偷偷兒問姊姊「眞的嗎？」姊姊只說：「勞神父怎麼說的？」我牢記勞神父囑咐的話，隨她們怎麼說，怎麼哄，都不理睬。只是我非常好奇，不知裏面是什麼。

這次回家，我們姊妹三個，還有大姊的同事許老師，同路回無錫。四人上了火車，我急不及待，要大姊姊打開紙包。大姊說：「這是『小火車』，不算數的。」（那時有個小火車站，由徐家匯開往上海站。現在早已沒有了。）我只好再忍著，好不容易上了從上海到無錫的火車。我就要求大姊拆開紙包。

大姊姊撕開一層紙，裏面又裹著一層紙；撕開這層，裏面又是一層。一層一層又一層，紙是各式各樣的，有牛皮紙，報紙，寫過字又不要的廢稿紙，厚的、薄的、硬的、軟的……每一層都用漿糊黏得非常牢固。大姊姊和許老師一層一層地剝，都剝得笑起來了。她們終於從十七八層的廢紙裏，剝出一只精緻美麗的盒子，一盒巧克力糖！大姊姊開了蓋子，先請許老師吃一顆，然後給我一顆，給三姊一顆，自己也吃一顆，就蓋上蓋子說：「這得帶回家去和爸爸媽媽一起吃了。」她又和我商量：「糖是你的，匣子送我行不行？」我點頭答應。糖特好吃，這麼好的巧克力，我好像從沒吃過呢。回家後，和爸爸媽媽一起吃，尤其開心。我雖然是個饞孩子，能和爸爸媽媽及一家人同吃，更覺得好吃。

一九三〇年春假，我有個家住上海的中學好朋友，邀我和另一個朋友到她家去玩。我到了上海，順便一人回啓明去看看母校師友，我大姊還在啓明教書呢。我剛到長廊東頭的中文課堂前，依姆姆早在等待了，迎出來「看看小季康」，一群十三四歲的女孩子都跑出來看「小季康」。我已過十八周歲，大學二年了，還什麼「小季康」！依姆姆剛把學生趕回課堂，我就看見勞神父從長廊西頭走近來。據大姊姊告訴我，勞神父知道我到啓明來，特來會我的。他已八十歲了。勞神父的大鬍子已經雪白雪白。他見了我很高興，問我大學裏念什麼書。我說了我上的什麼課，內有論理學，我說的是英文 logic，勞神父驚奇又感慨地說：「Ah! Loguique! Loguique!」我又賣弄我自己學到的一點點天文知識，什麼北斗星有八顆星等等，勞神父笑說：「我歡迎你到我的天文臺來，讓你看一晚星星！」接下他輕吁一聲說：「你知道嗎？我差一點兒死了。我不久就要回國，不回來了。」他回國是落葉歸根的意思吧。他輕輕抱抱我說：「不要忘記勞神父。」我心上很難受，說不出話，只使勁點頭。當時他八十，我十八。勞神父是我喜愛的人，經常想念。

我九十歲那年，鍾書已去世，我躺在床上睡不著，忽然想到勞神父送我那盒巧克力時講的故事，忽然明白了我一直沒想到的一點。當時我以爲是勞神父勉勵我做人要堅定，勿受誘惑。我直感激他防我受誘惑，貼上十七、八層廢紙，如果我受了誘惑，拆了三層、四層，還是有反悔的機會。但是勞神父的用意，我並未瞭解。

我九十歲了，一人躺著，忽然明白了我九歲時勞神父那道禁令的用意。他是一心要我把那匣糖帶回家，和爸爸媽媽等一起享用。如果我當著大姊那許多同事拆開紙包，大姊姊得每人請吃一塊吧？說不定還會被她們一搶而空。我不就像叫化子被逐出王宮，什麼都沒有了嗎！九歲聽到的話，直到九十歲才恍然大悟，我眞夠笨的！夠笨的！

我從書上讀到有道行的老和尚，吃個半飢不飽，夜裏從不放倒頭睡覺，只在蒲團上打坐。勞神父也是不睡的，他才有閒空在贈我的糖盒上包上十七八層的廢紙。勞神父給我吃的、玩的，又給我講有趣的故事，大概是爲他辛勤勞苦的生活，添上些喜愛歡樂的色彩吧！

四　記比鄰雙鵲

我住的樓是六號樓，臥室窗前有一棵病柏，因旁邊一棵大柳樹霸占了天上的陽光、地下的土壤。幸虧柳樹及時砍去，才沒枯死，但是萎弱得失去了柏樹的挺拔，也不像健旺的柏樹枝繁葉茂，鑽不進一隻喜鵲。病柏枝葉稀疏，讓喜鵲找到了一個築巢的好地方。二〇〇三年，一雙喜鵲就銜枝在病柏枝頭築巢。我喜示歡迎，偷空在大院裏拾了大量樹枝，放在陽臺上，供牠們採用。不知道喜鵲築巢選用的建材頗有講究。我外行，揀的樹枝沒一枝可用。過了好幾天我知道不見採納，只好抱了大把樹枝下樓扔掉。

鵲巢剛造得像個盆兒，一夜狂風大雨，病柏上幹隨風橫掃，把鵲巢掃落地下。幸好還沒下蛋。不久後，這對喜鵲就在對面七號樓下小道邊的胡桃樹頂上重做了一個。我在三樓窗裏看得分明，下樓到樹下抬頭找，卻找不到，因爲胡桃樹枝葉扶疏，鵲巢深藏不露。但這個巢很簡陋，因爲是倉卒建成的。胡桃樹不是常青樹，冬天葉落，鵲巢就赤裸裸地掛在光禿禿的樹上，老遠都看得見。

二〇〇四年的早春二月間，胡桃樹的葉子還沒發芽呢。這年的二月二十日，我看見這雙喜鵲又在病柏的高枝上築巢了。這回有了經驗，搭第一枝，左放右放，好半天才搭上第一枝，然後飛到胡桃樹上又拆舊巢。原來喜鵲也拆遷呢！牠們一老早就上工了。我沒想到十天後，三月三日，舊巢已拆得無影無蹤了。兩隻喜鵲每天一老早就在我窗外建築。一次又風雨大作，鵲巢沒有掉落。牠們兩個每天勤奮工作，又過兩星期，鵲巢已搭得比鳥籠還大一圈了，上面又蓋上個巢頂，上層牢牢地拴在柏樹高一層的樹枝上。我看見鵲兒銜著一根樹枝，兩腳使勁蹬，樹枝蹬不下，才滿意。

鵲巢有兩個洞，一向東，一向西。喜鵲尾巴長，一門進，一門出，進巢就不必轉身。朝我窗口的一面，交織的樹枝比較疏，大概因爲有我家屋子擋著，不必太緊密，或許也爲了透氣吧？因爲這對喜鵲在這個新巢裏同居了。阿姨說，不久就下蛋了。牠們白天還不停地修補這巢；銜的都是軟草羽毛之類。我貢獻了舊掃把上的幾枝軟草，都給銜去鋪墊了。

四月三日，鵲巢完工。以後就看見身軀較小的母鵲經常臥在巢內。據阿姨說，雞孵蛋要三個月，喜鵲比雞小，也許不用三個月之久。父鵲每日進巢讓母鵲出來舒散一下，平時在巢外守望，想必也爲母鵲覓食。牠們兩個整天守著牠們這巢。巢裏肯定有蛋了。這時已是四月十九日了。下雨天，母鵲羽毛濕了，顯得很瘦。我發現後面五號樓的屋檐下有四五隻喜鵲避雨。從一號到五號樓的建築和六號以上的樓結構不同，有可供喜鵲避雨的地方，只是很窄。喜鵲尾巴長，只能橫著身子。避雨的，大概都是鄰近的父鵲，母鵲大概都在巢內。我窗前巢裏的父鵲，經常和母鵲一出一入，肯定是在抱蛋了。

五月十二日，我看見五六隻喜鵲（包括我窗外巢裏的父鵲）圍著柏樹打轉，又一同停在鵲巢旁邊，喳喳喳喳叫。我以爲是吵架，卻又不像吵架。喳喳叫了一陣，又圍著柏樹轉一圈，又一同落在樹上，不知是怎麼回事。

十三日，阿姨在我臥室窗前，連聲叫我「快來看！」我忙趕去看，只見鵲巢裏好像在鬧鬼似的。對我窗口的一面，鵲巢編織稀疏。隙縫裏，能看到裏面有幾點閃亮的光，和幾個紅點兒。仔細看，原來巢裏小喜鵲已破殼而出，伸著小腦袋在搖晃呢。閃亮的是眼睛。嘴巴張得很大，嘴裏是黃色，紅點兒該是舌頭。看不清共有三隻或四隻，都是嗷嗷待哺的黃口。

我也為喜鵲高興。抱蛋夠辛苦的，蛋裏的雛兒居然都出來了！昨天那群喜鵲繞樹飛一轉，又落在巢邊喳喳叫，又繞樹一圈，又一齊落在樹上喳喳叫，該是為了這對喜鵲喜生貴子，特來慶賀的。賀客都是身軀較大的父鵲，母鵲不能雙雙同來，想必還在抱蛋，不能脫身。

阿姨說，小鵲兒至少得七到十天，身上羽毛豐滿之後才開始學飛。我不急於看小鵲學飛，只想看小鵲兒聚在巢口，一個個張著黃口，嗷嗷待哺。自從小鵲出生，父鵲母鵲不復進巢，想是怕壓傷了小雛。

阿姨忽然記起，不久前榆樹上剛噴了殺蟲藥。想來全市都噴藥了。父母鵲往哪兒覓食呢？十四日我還聽見父母鵲說話呢，母鵲叫了好多聲才雙雙飛走。

但搖晃的腦袋只有兩個了。天氣轉冷，預報晚上中雨。小鵲兒已經三朝了，沒吃到東西，又凍又餓，還能活命嗎？

晚飯前就下雨了，下了一晚。鵲巢上面雖然有頂，卻是漏雨的。我不能爲鵲巢撐把傘，因爲搆不著，也不能找些棉絮爲小雛墊蓋。出了殼的小鳥不能再縮回殼裏，我愁也沒用。一夜雨，是不小的中雨。早上起來，鵲巢裏寂無聲音，幾條小生命，都完了。這天飯後，才看見父母鵲回來；父鵲只向巢裏看了一眼，就飛走了。母鵲跳上樹枝，又跳近巢邊，對巢裏再看一眼，於是隨父鵲雙雙飛走。

五月十六日，早上八點半，我聽見兩隻喜鵲在說話，急看視窗，只見母鵲站在柏樹枝上，跳上一枝，又一跳逼近巢口，低頭細看巢裏，於是像啼哭似的悲啼，喳喳七聲，共四次。隨後就飛走了。未見父鵲，想是在一起。柏樹旁邊胡桃樹上濕淋淋的樹葉上，還滴著昨宵的雨，好像替牠們流淚。這天晚飯後，父母鵲又飛來，但沒有上樹，只站在對面七號樓頂上守望。

又過了兩天，五月十八日上午，六天前曾來慶賀小鵲生日的四五隻大喜鵲，又飛集柏樹枝上，喳喳叫了一陣。有兩隻最大的，對著鵲巢喳喳叫，好像對殤兒致辭，然後都飛走了。父母鵲不知是否在我們屋頂上招待，沒看見牠們。午後四時，母鵲在巢邊前前後後叫，父鵲大約在近旁陪著，叫得我也傷心不已。下一天，五月十九日，是我女兒生忌。下午三時多，又來站在柏樹枝上，向巢悲啼三四分鐘。下一天，也是下午三時多，老時候。母鵲又來向巢叫，又跳上一枝，低頭向巢叫，又抬頭叫，然後和陪同前來的父鵲一同飛走。

五月二十七日，清早六時起，看見母鵲默默站在柏樹旁邊的胡桃樹上，父鵲在近旁守望。看見了我都飛走了。五月二十八日，小鵲已死了半個月了。小鵲是五月十二日生，十三、十四日死的。父母鵲又同來看望牠們的舊巢。母鵲站上巢頂悲啼。然後父母同飛去。從此以後，牠們再也不站上這棵柏樹，只在鄰近守望了。晚飯後，我經常看到牠們站在對樓屋頂上守望。一次來了一隻老鴉，踞坐巢上。父母鵲呼朋喚友，小院裏亂了一陣，老鴉趕走才安定下來。我們這一帶是喜鵲的領域，灰鵲或老鴉都不准入侵的。我懷疑，小雛的遺體，經雨淋日曬，是不是發臭了，老鴉聞到氣息，心懷不善吧？

這個空巢——不空，裏面還有小雛遺體，掛在我窗前。我每天看到父鵲母鵲在七號樓屋脊守望，我也陪著牠們傷心。冬天大雪中，整棵病柏，連帶鵲巢都壓在雪裏，父鵲母鵲也冒寒來看望。

轉眼又是一年了。二〇〇五年的二月二十七日，鵲巢動工約莫一年之後，父鵲母鵲忽又飛上柏樹，貼近鵲巢，向裏觀望。小鵲遺體經過雨淋雪壓、日曬風吹，大概已化爲塵土，散失無遺。父母鵲登上舊巢，用嘴扭開糾結松枝的舊巢。牠們又想拆遷吧？牠們扭開糾結松枝的舊樹枝，銜住一頭，雙腳使勁蹬。去年費了好大功夫牢牢拴在樹巓的舊巢，拆下不易，每拆一枝，都要銜住一頭，雙腳使勁蹬。出主力拆的是父鵲，母鵲有時旁觀，有時叫幾聲。漸漸最難拆的部分已經鬆動。這個堅固的大巢，拆得很慢，我卻不耐煩多管牠們的閒事了。直到五月五日，舊巢拆盡。一夕風雨，舊巢洗得無影無蹤。五月六日，窗前鵲巢已了無痕跡。過去的悲歡、希望、憂傷，恍如一夢，都成過去了。

五　三叔叔的戀愛

我最愛聽爸爸講他的小弟弟。爸爸的小弟弟是我的三叔叔。他比我爸爸小十一歲。我總覺得爸爸愛三叔，正像我愛小妹妹阿必（楊必），她也比我小十一歲。

我爸爸愛講他小弟弟小時候的事，小弟弟臨睡自己把被子蓋好，學著大人要孩子快睡嚇唬孩子的話：「老虎來了！」一面自己抓抓被子作老虎爬門聲，一面閉上眼睛乖乖地睡。三叔叔是又聰明、又乖覺的孩子。

他考入上海南洋公學，虛歲十九就由學校派送美國留學，和我爸爸到美國留學差不多同時。他有公費，生活富裕。但我爸爸從不用他的錢，他們兩兄弟也不住在一起。據我爸爸說，美國女人都說他漂亮。他個兒高，相貌也好，活潑可愛。他留美期間，和一位學醫的華僑林小姐戀愛了。三叔學的是審計，他學成回國比我爸爸略早。回國前夕，他告訴我爸爸他愛上了學醫的林小姐，回國就要解除婚約。三叔叔是十一歲就由父母之命訂了婚的。

據我爸爸說，三叔的丈人是舉人，任「學老師」。他在我三叔十一歲時，看中了這個女婿。我爸爸說他善於選擇女婿。只是女婿可以挑選，女兒都不由他挑選。他的女兒都不得人喜愛。另兩個未婚女婿都出國留學，回國都退了婚。兩位退婚的小姐都鬱鬱而死。我爸爸聽三叔說要退婚，遲疑了一下，不得不提醒他說：「要解約，當在出國前提出。人家小姐比你大兩歲，又等了你三年了。」如果退婚，她肯定是嫁不出去的了。三叔叔想必經過了一番內心鬥爭，和林小姐有情人未成眷屬。他回國就和三嬸結婚了。

三叔叔和三嬸嬸新婚也滿要好。三叔叔應酬多，常帶著新夫人一同出去。據我三嬸自己告訴我媽媽，有一次，她不知說了一句什麼話，三叔滿面脹得通紅，連脖子帶耳朵都紅了。從此以後，再也不帶她一同出去應酬了。過些時，他把三嬸送回無錫老家，自己一人留居北京。他當時任審計局長。

三叔叔吃花酒，認識了當時最紅的名妓林××。這位名妓，不願嫁闊佬，而鍾情於三叔這麼個窮書生。三叔也準備娶她，新床都買好了。他原有肺結核病，在美國留學時期治好了。這時忽然大吐血，娶林××事只好作罷。當時我父母同在無錫省視祖母，他們倆回北京時，我媽媽好心，帶了三嬸同回北京。我三嬸不懂事，還嫌跟著我爸爸媽媽回北京，不如丈夫接她風光。我媽媽是知道三叔病了，特地把她帶回北京的。

三叔叔大吐血就住進醫院了，住的是德國醫院——現在北京醫院的前身。林××天天到醫院看望。一次，三嬸看見林××從三叔病房出來，就捲起洋傘打她，經護士勸開。三嬸回家，氣憤憤地告訴我媽媽。我媽媽說：「你怎麼可以打人呀？」三嬸說：「她是婊子」。當時，大太太率領僕婦搗毀姨太太的小公館是常有的事，但沒嫁人的名妓，身分是很高的。

後來林××嫁了一位富貴公子。妓女從良，照例要擺一桌酒席，宴請從前的「恩客」，表示以後不再敘舊情。據我爸爸講，三叔叔是主客。他身負重病，特地趕去赴宴。此後，三叔叔自知病重，不能工作，就帶了三嬸和孩子同回老家。幾年後因病去世，遺下寡嬸和堂妹由我爸爸撫養。後來我堂妹嫁了闊人，但三嬸已得老年性癡呆，也沒有享福。

我上大學的時期，回家總愛跟著爸爸或媽媽，晚上還不願回自己房間。有一夜，我聽爸爸對媽媽說：「小弟弟若娶了林小姐，他不致這樣斲喪自己吧？」媽媽默然沒有回答。我很爲爸爸傷心，媽媽也知道爸爸是憐惜小弟弟而傷心自責。但是他作爲年長十一歲的哥哥，及時提醒小弟弟，爸爸錯了嗎？三叔經過鬥爭，忍痛和有情人分手，三叔錯了嗎？我認爲他們都沒有錯。我媽媽眞好，她一聲也不響，她是個知心的好老伴兒。我回到自己屋裏來回地想，爸爸沒錯，三叔叔也沒錯。不過感情是很難控制的，人是很可憐的。

六　孔夫子的夫人

孔子曰：「惟女子與小人爲難養也。」這句話，得罪了好幾位撐著半邊天的女同志。其實「周公制禮」，目中就沒有女子。雖有男多女少的部族，女貴於男，女子專權，但未見哪一位「周婆制禮」。從前我們可憐的女人被輕視是普遍現象，怪不到孔子。

蘇格拉底比孔子後生八十多年。他和老伴兒生過三個兒子，看來也有女兒。因爲他喝毒藥之前，三個兒子都到監獄裏見了父親，然後，「家裏的女人」也來了。「家裏的女人」顯然不只有一個老伴兒，想必還有女兒呢。蘇格拉底對老伴兒一點情分都沒有，只看作不明事理的人，打發開就算，沒有絲毫憐惜愛護之情。

我讀孔子的書，肯定他是一位躬行君子，自己沒做到的事是不說的。他栖栖一代中，要求修身、齊家、治國、平天下，他的家一定是和洽的。所以我對孔夫子家的女人，很有興趣，尤其想見見孔夫子的夫人。

可是我讀書不多，一門心思尋找孔子家裏的女子，書上絕少記載。據《史記·孔子世家》，他父親生了九個女兒，沒有兒子。年紀過了六十四，娶了顏家最小的女兒，才生了兒子，名丘字仲尼。丘生而父死。《索隱》據《孔子家語》，說孔子三歲而父死。他的年輕媽媽去世之前，當然母子同在一家。究竟他父親幾歲生他，他那位年輕的寡母哪年去世，記載都不詳，好像沒活多久。孔子十幾歲就父母雙亡，他的九個姊姊也不知下落。孔子十九歲，娶了一位複姓亓官的夫人，一年就生下一個兒子，名鯉，字伯魚。伯魚年五十，先孔子死。伯魚只生了一個兒子。孔子肯定有女兒，公冶長不就是他的女婿嗎？孔子有多少女兒我無從知道，孔子生前，記載中沒有提到夫人去世，該是和亓官夫人白頭到老的吧？孔子三歲父親去世時，九個姊姊未必都已出嫁。亓官夫人不會只生一子一女就不再生育。伯魚年五十，也不會只生一個兒子。從前女人不會節制生育，都生不少孩子呢。書上根本沒提伯魚的妻子，也沒說伯魚生幾個女兒。書上就是不屑記載女人的。伯魚年五十，我也懷疑，因爲伯魚死在顏淵之前，而顏回短命，只活到三十二歲。全部《論語》裏，伯魚只提到兩次，據孔子所教導的話，他還很年輕。我記得子路是孔子六十九歲上死的，伯魚比顏回還死得早呢。

我們讀《論語》，就知道孔子的日常生活，無論飲食起居，都很講究。這種種講究，他老夫子自己決計是管不了的，當然是由家裏女人照料。亓官夫人肯定很能幹，對丈夫很體貼，夫婦之間很和洽。「女子小人」雖然難養，孔夫子一定：「養」得很有辦法。

就看他怎麼講究吃吧。「食不厭精，燴不厭細」，飯煮糊了，魚肉變味了，他就不吃。飯煮得夾生，他也不吃。五穀果實沒熟的不吃。肉得切得方方正正，如果一片厚、一片薄，一塊大、一塊小，或歪歪斜斜、亂七八糟的，他不吃。市上買的熟食，他不吃。祭肉過了三天，他也不吃。

他穿衣服也講究。紅的紫的不做內衣。我們的內衣，也不愛這麼嬌豔的顏色。我們也愛用淺淡的素色，否則髒了看不出。暑天穿了薄薄的綢衣，必定要襯襯衣。冬衣什麼色兒的皮毛，配用什麼色兒的衣料，例如黑羔羊皮配黑色的衣料，白麂皮配素淡的衣料。家常衣服，右邊的袖子短些，便於工作。睡覺一定要穿睡衣，睡衣比身體長一半，像西洋的嬰兒服。穿了這麼長的睡衣還能下床行走嗎？當然得別人伺候了。「食不語，寢不言」，吃飯細嚼緩吞，不宜談話。躺下了再談話就睡不著了，我有經驗。「席不正，不坐」，我更能體會。椅子凳子歪著，我坐下之前必定要放放正，除非是故意放在側面的。如果我的床墊歪了，我必定披衣下床推正了再睡，否則睡不穩。這不過是生性愛整齊罷了。

孔子出門必坐車，不是擺架子，只是按身分行事。譬如我們從前大人家小姐出門必坐車，不徒步走。他住的房子決不在陋巷，顯然有廳堂、有內寢，所以他才說「由也升堂矣，未入室也。」

孔子能齊家，亓官夫人也頂著半個家呢。在我的想像裏，亓官夫人想必治家嚴謹。孔夫子對日常生活夠挑剔的，而家裏卻很和洽。孔子的女兒、兒媳、孫女，以及伺候的女傭，一大群呢，孔子想必「養」得很好，一方面相當親近，一方面也不讓放肆。他認爲「君子之道，造端乎夫婦」，所以他和亓官夫人，必定感情很好。亓官夫人即使不是賢能的夫人，至少也是以順爲正，能按照夫子的意願管理這一大家女人的。

現在咱們家裏，如果請了一個沒教養的「阿姨」，好養嗎？

七 《論語》趣

我很羨慕上過私塾的人，「四書五經」讀得爛熟。

我生在舊時代的末端，雖然小學、中學、大學的課程裏都有國文課，國文並不重要，重要的是數學、理科和英文。我自知欠讀的經典太多了，只能在課餘自己補讀些。

「四書」我最喜歡《論語》，因爲最有趣。讀《論語》，讀的是一句一句話，看見的卻是一個一個人，書裏的一個個弟子，都是活生生的，一人一個樣兒，各不相同。孔子最愛重顏淵，卻偏寵子路。錢鍾書曾問過我：「你覺得嗎？孔子最喜歡子路。」我也有同感。子路很聰明，很有才能，在孔子的許多弟子裏，他最眞率，對孔子最忠誠，經常跟在夫子身邊。孔子一聲聲稱讚「賢哉回也」，可是和他講話，他從不違拗（「不違如愚」）。他的行爲，不但表明他對夫子的教誨全都領悟，而且深有修養。孔子不由得說，「回也非助我者也」，因爲他沒有反應。孔子只歎恨「吾見其進也，未見其止也。」子路呢，夫子也常常不由自主地稱讚，例如「由也兼人」「片言可以折獄者，其由也歟？」「子路無宿諾」等。子路聽到夫子的稱讚就喜形於色，於是立即討得一頓訓斥。例如孔子說：「道不行，乘桴浮於海，從我者，其由歟？」「子路聞之喜」。孔子接下就說：「由也，好勇過我，無所取材。」孔子曾稱讚他假如穿了破棉袍兒，和穿狐皮袍的人站在一起，能沒有自卑感，引用《詩經・邶風》的「不忮不求，何用不藏」，子路終身誦之。孔子就說，這是做人的道理，有什麼自以爲美的。又如孔子和顏回說心裏話：「用之則行，舍之則藏，惟我與爾有是夫！」子路就想挨上去討夫子的稱讚，賣弄說：「子行三年，則誰與？」夫子對子路最不客氣，馬上給幾句訓斥：「暴虎馮河，死而無悔者，吾不與也。必也臨事而懼，好謀而成者也。」

孔子對其他弟子總很有禮，對子路卻毫不客氣地提著名兒訓他：「由，誨汝知之乎？……」子路對夫子毫無禮貌。孔子說：「必也正名乎？」他會說：「有是哉子之迂也。」孔子不禁說：「野哉！由也。」接著訓了他幾句。顏回最好學，子路卻是最不好學，他會對夫子強辯飾非，說「何必讀書，然後爲學。」孔子對這話都不答理了，只說他厭惡胡說的人。但是在適當的時候，夫子會對他講切中要害的大道理，叫他好生聽著：「居，吾語汝。」（坐下，聽我說。）夫子的話是專爲他不好學、不好讀書而說的。一次，幾個親近的弟子陪侍夫子：閔子是一副剛直的樣子，子路狠巴巴地護著夫子，好像要跟人拼命似的。冉有、子貢，和顏悅色。孔子心上喜歡，說了一句笑話：「若由也，不得其死然。」孔子如果知道子路果然是「不得其死」，必定不忍說這話了。孔子愛音樂，子路卻是音樂走調的。子路鼓瑟，孔子受不了了，叫苦說：「由之瑟，奚爲於丘之門。」門人不敬子路，孔子就護他說：「由也升堂矣，未入於室也。」（以上只是我的見解。據《孔子家語》，子路鼓瑟，有北鄙殺伐之聲，因爲他氣質剛勇而不足于中和。我認爲剛勇的人，作樂可以中和；子由只是走調。）

子游、子夏，孔子也喜歡。「吾黨之小子狂簡，斐然成章」指的可能就是以文學見長的子游、子夏。子游很認眞要好，子夏很虛心自謙。夫子和子游愛開開玩笑，對子夏多鼓勵。

子貢最自負。夫子和他談話很有禮，但是很看透他。孔子明明說「君子不器」。子貢聽夫子稱讚旁人，就問「賜也如何？」孔子說：「汝器也」，不過不是一般的「器」，是很珍貴的「器」，「瑚璉也」。子貢自負說：「我不欲人之加諸我也，我亦欲無加諸人。」夫子斷然說：「賜也，非爾所及也。」孔子曾故意問他：「汝與回也孰愈？」子貢卻知道分寸，說他怎敢和顏回比呢，回也問一知十，他問一知二。孔子老實說：「弗如也」，還客氣地陪上一句：「吾與汝，弗如也。」子貢愛批評別人的短處。孔子訓他說：「賜也賢乎哉，夫我則不暇。」子貢會打算盤，有算計，能做買賣，總是賺錢的。孔子稱他「善貨殖，億則屢中」。

孔子最不喜歡的弟子是宰予。宰予不懂裝懂，大膽胡說。孔子聽他說錯了話，因爲他已經說了，不再責怪。宰予言行不符，說得好聽，並不力行。而且很懶，吃完飯就睡午覺。孔子說他「朽木不可雕也」。又說：「始吾於人也，聽其言而信其行。今吾於人也，聽其言而觀其行。」說他是看到宰予言行不一而改變的。宰予嫌三年之喪太長，認爲該減短些。夫子說：「子生三年然後免於父母之懷」。父母死了沒滿三年，你吃得好，穿得好，心上安嗎？宰予說「安」。孔子說：你心安，就不守三年之喪吧。宰予出，夫子慨歎說：「予之不仁也……予也有三年之愛於其父母乎？」宰予有口才，他和子貢一樣，都會一套一套發議論，所以孔子推許他們兩個擅長「語言」。

《論語》裏只有一個人從未向夫子問過一句話。他就是陳亢，字子禽，他只是背後打聽孔子。他曾問子貢：孔子每到一個國，「必聞其政」，是他求的，還是人家請教他呀？又一次私下問孔子的兒子伯魚，「子亦有異聞乎？」伯魚很乖覺，說沒有異聞，只叫他學《詩》學《禮》。陳亢得意說，「問一得三，聞詩，聞禮，又聞君子之遠其子也。」孔子只這麼一個寶貝兒子，伯魚在家裏聽到什麼，不會告訴陳亢。孔子會遠其子嗎？君子易子而教，是該打該罵的小孩，伯魚已不是小孩子了。也就是這個陳亢，對子貢說：你是太謙虛吧？「仲尼豈賢於子乎？」他以爲孔子不如子貢。眞有好些人說子貢賢於孔子。子貢雖然自負，卻是有分寸的。他一再說：「仲尼不可毀也」；「仲尼日月也，無得而逾也」；「夫子之不可及也，猶天之不可階而升也」。陳亢可說是最無聊的弟子了。

最傲的是子張。門弟子間唯他最難相處。子游說：「吾友張也，爲難能也，然而未仁。」曾子曰：「堂堂乎張也，難於並爲仁矣。」

我們看到孔門弟子一人一個樣兒，而孔子對待他們也各各不同，我們對孔子也增多幾分認識。孔子誨人不倦，循循善誘，他從來沒有一句教條，也全無道學氣。他愛音樂，也喜歡唱歌，聽人家唱得好，一定要請他再唱一遍，大概是要學唱吧！他如果哪天弔喪傷心哭了，就不唱歌了。孔子是一位可敬可愛的人，《論語》是一本有趣的書。

八　鏡中人

鏡中人，相當於情人眼裏的意中人。誰不愛自己？誰不把自己作爲最知心的人？誰不體貼自己、諒解自己？所以一個人對鏡自照時看到的自己，不必犯「自戀僻」（narcissism），也往往比情人眼裏的意中人還中意。情人的眼睛是瞎的，本人的眼睛更瞎。我們照鏡子，能看見自己的眞相嗎？

我屋裏有三面鏡子，方向不同，光照不同，照出的容貌也不同。一面鏡子最奉承我，一面鏡子最刻毒，一面最老實。我對奉承的鏡子說：「別哄我，也許在特殊情況下，例如『燈下看美人』，一霎時，我會給人一個很好的印象，卻不是我的眞相。」我對最刻毒的鏡子說：「我也未必那麼醜，這是光線對我不利，顯得那麼難看，不信我就是這副模樣。」最老實的鏡子，我最相信，覺得自己就是鏡子裏的人。其實，我哪就是呢！

假如我的臉是歪的，天天照，看慣了，就不覺得歪。假如我一眼大，一眼小，看慣了，也不覺得了，好比老伴兒或老朋友，對我的缺點習慣了，視而不見了。我有時候也照照那面奉承我的鏡子，聊以自慰；也照照那面最刻毒的鏡子，注意自我修飾。我自以爲頗有自知之明了。其實還沒有。何以見得呢？這需用實例才講得明白。

我曾用過一個最醜的老媽，姓郭。錢鍾書曾說：對醜人多看一眼是對那醜人的殘酷。我卻認爲對郭媽多看一眼是對自己的殘酷。她第一次來我家，我嚇得趕忙躲開了眼睛。她醜得太可怕了：梭子臉，中間寬，兩頭狹，兩塊高顴骨夾著個小尖鼻子，一雙腫眼泡；麻皮，皮色是剛脫了痂的嫩肉色；嘴唇厚而紅潤，也許因爲有些緊張，還吐著半個舌尖；清湯掛麵式的頭髮，很長，梳得光光潤潤，水淋淋地貼在面頰兩側，好像剛從水裏鑽出來的。她是小腳，一步一扭，手肘也隨著腳步前伸。

從前的老媽子和現在的「阿姨」不同。老媽子有她們的規矩。偷錢偷東西是不行的，可是買菜揩油是照例規矩，稱「籃口」。如果這家子買菜多，那就是油水多，「籃口」好。我當家不精明，半斤肉她報一斤，我也不知道。買魚我只知死魚、活魚，卻不知是什麼魚。所以郭媽的「籃口」不錯，一個月的「籃口」比她一個月的工資還多。她講工錢時要求先付後做，我也答應了。但過了一月兩月，她就要加工錢，給我臉瞧。如果我視而不見，她就摔碟子、摔碗嘟嘟囔囔。我給的工錢總是偏高的。我加了工錢囑她別說出去，她口中答應卻立即傳開了，然後對我說：家家都長，不只我一家。她不保密，我怕牽累別人家就不敢加，所以常得看她的臉子。

她審美觀念卻高得很，不順眼的，好比眼裏夾不下一粒沙子。一次，她對我形容某高幹夫人：「一雙爛桃眼，兩塊高顴骨，夾著個小鼻子，一雙小腳，走路扭搭扭搭……」我驚奇地看著她，心想：這不是你自己嗎？

我們家住郊外，沒有乾淨的理髮店，鍾書和女兒央我爲他們理髮，我能理髮。我自己進城做個電燙，自己做頭髮，就可以一年半載不進城。我忽然發現她的「清湯掛麵」髮式，也改成和我一樣的捲兒了。這使我很驚奇。一次我宴會遇見白楊。她和我見面不多，卻是很相投的。她問我：「你的頭髮是怎麼捲的？」我笑說：「我正要問你呢，你的頭髮是怎麼捲的？」我們講了怎麼捲：原來同樣方法，不過她末一梳往裏，我是往外梳。第二天我換了白楊的髮式。忽見郭媽也同樣把頭髮往裏捲了。她沒有電燙，不知她用的什麼方法。我不免暗笑「婢學夫人」，可是我再一想，郭媽是「婢學夫人」，我豈不是「夫人學明星」呢？

郭媽有她的專長，針線好。據她的規矩，縫縫補補是她的分內事。她能剪裁，可是決不肯爲我剪裁。這點她很有理，她不是我的裁縫。但是我自己能剪裁，我裁好了衣服，她就得做，因爲這就屬於縫縫補補。我取她一技之長，用了她好多年。

她來我家不久，鍾書借調到城裏工作了，女兒在城裏上學，住宿。家裏只我一人，如果我病了，起不了床，郭媽從不問一聲病，從不來看我一眼。一次，她病倒了，我自己煮了粥，盛了一碗粥湯端到她床前。她驚奇得好像我做了什麼怪事。從此她對我漸漸改變態度，心上事都和我講了。

她掏出貼身口袋裏一封磨得快爛的信給我看，原來是她丈夫給她的休書。她丈夫是軍官學校畢業的，她有個兒子在地質勘探隊工作，到過我家幾次，相貌不錯。她丈夫上軍官學校的學費，是郭媽娘家給出的。郭媽捎了丈夫末一學期的學費，就得到丈夫的休書，那虛僞肉麻的勁兒，眞叫人受不了，我讀著渾身都起雞皮疙瘩。那位丈夫想必是看到郭媽醜得可怕，吃驚不小，結婚後一兩個星期後就另外找了一個女人，也生了一個兒子。郭媽的兒子和父親有來往，也和這個小他一二個月的弟弟來往。郭媽每月給兒子寄錢，每次是她工錢的一倍。這兒子的信，和他父親的休書一樣肉麻。我最受不了的事是每月得起著雞皮疙瘩爲郭媽讀信並回信。她感謝我給她喝粥湯，我憐她醜得嚇走了丈夫，我們中間的感情是非常微薄的。她太欺負我的時候，我就辭她；她就哭，又請人求情，我又不忍了。因此她在我家做了十一年。說實話，我很不喜歡她。

奇怪的是，我每天看她對鏡理妝的時候，我會看到她的「鏡中人」，她身材不錯，雖然小腳，在有些男人的眼裏，可說裊娜風流。腫眼泡也不覺腫了，臉也不麻了，嘴唇也不厚了，梭子臉也平正了。

她每次給我做了衣服，我總額外給她報酬。我不穿的衣服大衣等，還很新，我都給了她。她修修改改，衣服綢裏綢面，大衣也稱身。十一年後，我家搬到乾麵胡同大樓裏，有個有名糊塗的收發員看中了她，老抬頭凝望著我住的三樓。他對我說：「你家的保姆呀，很講究呀！」幸虧郭媽只幫我搬家，我已辭退了她，未造成這糊塗收發員的相思夢。我就想到了「鏡中人」和「意中人」的相似又不同。我見過郭媽的「鏡中人」，又見到這糊塗收發員眼裏的「意中人」，對我啓發不小。郭媽自以爲美，只是一個極端的例子。她和我的不同，也不過「百步」「五十步」的不同罷了。

鏡子裏的人，是顯而易見的，自己卻看不眞。一個人的品格——他的精神面貌，就更難捉摸了。大抵自負是怎樣的人，就自信爲這樣的人，就表現爲這樣的人。他在自欺欺人的同時，也在充分表現自己。這個自己，「不鏡於水，而鏡於人」，別人眼裏，他照見的不就是他表現的自己嗎？

九　他是否知道自己騙人？

一九五三年「院系調整」後，我們夫婦同在文學研究所外國文學組工作。同事間有一位古希臘、羅馬文學專家。他沒有留過學，但自稱曾在世界各國留學，而且是和蘇聯的風雲人物某某將軍一同飛回中國的。他也是蘇聯文學專家。但不久就被人識破，他壓根兒未出國境一步。可是他確有眞才實學，他對於古希臘、羅馬的學問，不輸於留學希臘的專家。而且他中文功底好，文筆流麗。他還懂俄文，比留學希臘的專家更勝一籌了。他並未失去職位，只成了同事間一位有名的「騙子」——有點滑稽的「騙子」。

我家和他家有緣，曾同住在一個小小辦公樓的樓上，對門而居。「騙子」

的夫人也是同事，我忘了她什麼工作，只記得我和她同歲。她爲人敦厚寬和，我們兩個很要好，常來往。他家兩個兒子、一個女兒常來我家玩。大兒子特聰明，能修電器，常有小小發明。

我看見他們家供著聖約瑟和聖母像，知道他們必是天主教徒，因爲新教不供奉聖母。鍾書和我猜想，這位先生的古希臘、羅馬文，該是從耶穌會的教士學來，準是踏踏實實的。夜深常聽到他朗誦中文，我們猜想他好學而能自學，俄文當是自學的。

我們那個小小的辦公樓，分住四家。四家合用一個廁所。四家人口不少，早起如廁，每日需排隊，而廁所在樓下，我們往往下了樓又上樓。對門的大兒子就發明一個裝置，門口裝一個小小的紅燈泡，紅燈亮，即廁所無人。他家門口高懸一幅馬克思像，像上馬克思臉紅了，我們就下樓。那群孩子都聰明，料想爸爸也聰明。我們很好奇，他冒稱留學世界各國，他夫人也信以爲眞嗎？他孩子們知道爸爸撒謊嗎？

我們兩家做鄰居的時期並不長久，好像至多一兩年。我家遷居後和他們仍有來往。他們夫婦，很早就先後去世，「騙子」先生久已被人遺忘。如果他不騙，可以贏得大家的尊敬。我至今好奇，不知他家裏人是否知道虛實。

一個人有所不足，就要自欺欺人。一句謊言說過三次就自己也信以爲眞的，我們戚友間不乏實例。我立刻想到某某老友就是如此。自欺欺人是人之常情，程度不同而已。這位「騙子」只是一個極端。

十　窮苦人 三則

（一）路有凍死骨

上海淪陷時期。常看見路上凍死、餓死的叫化子。

我步行上班，要經過一方荒僻的空地。一次，大雪之後，地上很潮濕，可是雪還沒化盡。雪地裏，躺著一個凍死或餓死的叫化子。有人可憐他，爲他蓋上一片破席子，他一雙腳伸在席外。我聽過路人說：「沒嘸氣呢，還並著兩隻腳朝天豎著呢。」到我下班回家時，他兩腳「八」字般分向左右倒下了，他死了。有人在他身邊放了一串紙錢，可是沒人爲他燒。我看見他在雪地裏躺了一天，然後看見「普善山莊」的人用薄皮棺材收殮了屍體送走了。上海有個「普善山莊」專「做好事」，辦事人員藉此謀生，稱「善棍」。

有一次，鍾書和我出門看朋友，走累了，看見一個小小土地廟，想坐門檻上歇歇。只見高高的門檻後面，躺著一個蜷曲的死人，早已僵了。我們趕忙走開。不知這具屍體，哪天有人收殮。

（二）吃施粥

抗日寇勝利後，我住蒲園。我到震旦女校上課，可抄近路由學校後門進校。霞飛路後面有一片空場是「普善山莊」的施粥場，我抄近路必經之處。所以我經常看到叫化子吃施粥。

附近的叫化子，都拿著洋鐵罐兒或洋鐵桶排隊領粥，秩序井然，因爲人人都有，不用搶先，也不能領雙份。粥是很稠的熱粥，每人兩大銅勺，足有大半桶，一頓是吃不完的，夠吃兩頓。早一頓是熱的，晚一頓當然是冷的了。一天兩頓粥，可以不致餓死。領施粥的都是單身，都衣服破爛單薄，多半搶占有太陽的地方。老資格的化子，捧了施粥，挑個好太陽又沒風的地方，欣欣喜喜地吃；有時還從懷裏掏出一包花生米或蘿蔔乾下粥。絕大多數是默默地吃白粥。有一次，我看見老少兩人，像父子，同吃施粥。他們的衣服還不很破，兩人低著頭，坐在背人處，滿面愁苦，想是還未淪爲乞丐，但是家裏已無米下鍋了。我回家講給鍾書聽，我們都爲這父子倆傷心；也常想起我曾看見的那兩個屍體，他們爲什麼不吃施粥呢？該是病了，或不會行動了吧？

（二）「瞎子餓煞哉！」

上海淪陷期間，錢家租居沿馬路的房子，每天能聽到「餓煞哉！餓煞哉！瞎子餓煞哉！」的喊聲。我出門經常遇到這個瞎子，我總要過馬路去給他一個銅板。瞎子一手用拐杖點地，一手向前亂摸，兩眼都睜著。那時候，馬路上沒幾輛汽車，只有24路無軌電車，還有單人或雙人的三輪車，過馬路很容易。

我每天飯後，乘24路無軌到終點下車，然後要走過一段「三不管」地帶，再改乘有軌電車到終點，下車到半日小學上課。「三不管」是公共租界不管，法租界不管，僞政府也不管，是歹徒出沒的地方，下課後那裏的夜市非常熱鬧。黃包車夫或三輪車夫辛苦了一天，晚上圍坐在吃大閘蟹的攤兒上吃死蟹，眞是俗語：「告化子吃死蟹，隻隻好！」他們照例有薑末，也有香醋。蟹都是捆著的，個兒很大，不過全都是死蟹，看他們吃得眞香！我看到窮苦人的享樂，大有興趣。我自己肚裏也餓得慌呀。但是我如果放慢腳步，就會有流氓盯梢，背後會有人問：「大閘蟹吃哦？」我趕忙急急趕路，頭也不敢回。

一次我下課後回家，就在大閘蟹攤附近，有一個自來水龍頭；旁邊是一片鋪石子的空地。我看見那個「餓煞哉」的瞎子坐在自來水龍頭前面，身邊一只半滿的酒杯，周圍坐著一大圈人，瞎子顯然是這夥人的頭兒，正指手劃腳、高談闊論呢。我認得這個瞎子，瞎子也看見我在看他了，頓時目露凶光，嚇得我一口氣跑了好老遠，還覺得那兩道凶光盯著我呢。以後我聽到「瞎子餓煞哉！」

總留心躲開。我從未對他有惡意，他那兩眼凶光好可怕呀！我讀過法國的《乞丐市場》，懂得斷臂的、一條腿的、渾身創傷的乞丐，每清早怎樣一一化裝。但我天天看見這個不化裝的假瞎子，從未懷疑過他的眞假。眞是「君子可以欺以方也」，想到他眼裏那兩道凶光，至今還有點寒凜凜的。

十一　胡思亂想

（一）胡思亂想之一

我不是大凶大惡，不至於打入十八層地獄。可是一輩子的過錯也攢了一大堆。小小的過失會造成不小的罪孽。我愚蠢，我自私，我虛榮，不知不覺間會犯下不少罪。到我死，我的靈魂是怎麼也不配上天堂的。懺悔不能消滅罪孽，只會叫我服服帖帖地投入煉獄，把靈魂洗煉乾淨。然後，我就能會見過去的親人嗎？

我想到父母生我、育我、培養我，而他們最需要我的時候，我卻不在身邊，跑到國外去了，還頂快活，只是苦苦想家。苦苦想家就能報答父母嗎？我每月看到陰曆十一夜的半個月亮，就想到我結婚前兩夕，父母擺酒席「請小姐」的時候，父母不赴宴，兩人同在臥室傷感吧？我總覺得是女兒背棄了父母。這個罪，怎麼消？

我的父母是最模範的夫妻。我們三個出嫁的姊妹，常自愧不能像媽媽那樣和順體貼，遠不如。我至少該少彆扭些，少任性些，可是沒做到，我心上也負疚。

至於女兒，我只有一個女兒，卻未能盡媽媽的責任。我大弟生病，我媽媽帶了他趕到上海，到處求醫，還自恨未盡媽媽的責任。我卻讓女兒由誤診得了絕症，到絕症末期還不知她的病情，直到她去世之後，才從她朋友的記述中得知她病中的痛楚，我怎麼補償我的虧欠呀？

蘇格拉底在他等候服毒之前，閒來無事，講講他理想的天堂地獄。他說：鬼魂泡在苦海裏，需要等他生前虧負的人饒恕了他，才得超生。假如我喊爸爸媽媽求寬恕，他們一定早已寬恕了。他們會說：「阿季，快回來吧！我們等你好久了。」若向鍾書、圓圓求寬恕，他們也一定早已寬恕了，他們會叫「娘，快回來吧！我們正等著你呢。」可是我不信親人寬恕，我就能無罪。

老人的前途是病和死。我還得熬過一場病苦，熬過一場死亡的苦，再熬過一場煉獄裏燒煉的苦。老天爺是慈悲的。但是我沒有洗煉乾淨之前，帶著一身塵濁世界的垢汙，不好「回家」。

（二）胡思亂想之二

假如我要上天堂，穿什麼「衣服」呢？「衣服」，不指我遺體火化時的衣服，指我上天堂時具有的形態面貌。如果是現在的這副面貌，鍾書、圓圓會認得，可是我爸爸媽媽肯定不認得了。我媽媽很年輕，六十歲還欠兩三個月。我爸也只有六十七歲。我若自己聲明我是阿季，媽媽會驚奇說：「阿季嗎？沒一絲影兒了。」我離開媽媽出國時，只二十四歲。媽媽會笑說：「你倒比我老了！」爸爸和我分別時，我只三十三歲，爸爸會詫異說：「阿季老成這副模樣，爸爸都要叫你娘了。」

我十五、六歲，大概是生平最好看的時候，是一個很清秀的小姑娘。我願意穿我最美的「衣服」上天堂，就是帶著我十五、六歲的形態面貌上天。爸爸媽媽當然喜歡，可是鍾書、圓圓都不會認得我，都不肯認我。鍾書決不敢把這個清秀的小姑娘當作老伴；圓圓也只會把我看作她的孫女兒。

假如人死了，靈魂還保持生前的面貌，美人也罷了，不美的人，永遠那副模樣，自己也會嫌，還不如《聊齋》裏那個畫皮的妖精，能每夜把自己畫得更美些。可是任意變樣兒，親人不復相識，只好做孤鬼了。

親人去世，要夢中相見也不能。但親人去世多年後，就能常常夢見。我孤獨一人已近十年，夢裏經常和親人在一起。但是在夢中，我從未見過他們的面貌和他們的衣服，只知道是他們，感覺到是他們。我常想，甩掉了肉體，靈魂彼此間都是認識的，而且是熟識的、永遠不變的，就像夢裏相見時一樣。

十二　她的自述

作者按：這條注，我嫌篇幅太長，想不收了。但都是真人實事，不是創作。除了太爺爺的事像故事，那是她媽媽轉述的。真人實事，可以比小說離奇，卻又是確有其事。後部我嫌煩瑣刪掉了。以下都是她本人講的。我只改了姓名。

奶奶，你都沒法兒想，我小時候多麼窮、多麼苦。

大冬天，我連一條褲子都沒有！光著兩條腿，好冷啃！我二奶奶有一雙套褲。她不穿，我就拿來穿了。腿伸進套褲，眞暖和，可是沒有襠。我大舅是裁縫，我揀些布頭布角縫了個襠。那時候，我才幾歲呀！

奶奶，我不亂扯，我從頭講。不過從頭的事，都是我聽媽媽講的。我媽老實，從來不扯謊。有些事，她也不大知道。

我家是安徽人。我們的村子叫吳村，多半人家姓吳。我家姓鄧，是外來戶。我的太爺爺是砌灶的泥瓦匠。他肩上搭一條被套，另一個肩上一前一後掛兩只口袋。一只口袋裏是吃飯的一只飯碗、一雙筷子；另一只口袋裏是幹活兒用的一塊木板和一個圬泥的鏝子。他走街串巷，給家家戶戶砌灶。夜裏，在人家屋檐下找個安頓的角落，裹上被套睡覺。

有一年冬天特冷。大年三十，連天連夜的大雪。雪好大唷，家家的大門都堵得開不開了。我太爺爺沒處可睡，就買了一把大掃帚，一路掃雪開道。家家都給錢。他連夜從河對岸掃過了河。我們那裏的河都通淮河，不過離淮河還很遠，那年都連底凍了。大年初一他掃進吳村。大雪裏，家家戶戶的大門都堵住了。他一條一條街上掃，家家都給錢，開門大吉呀！他四季衣衫都穿在身上。襯衣上穿背心，背心上穿棉襖，棉襖上罩夾襖，壓著棉襖暖和些。每件衣服都有兩個口袋。他渾身口袋裏都裝滿了錢，連搭在肩上的兩只口袋也裝滿了錢。他穿的是紮腿褲，單的在裏，夾的罩在棉褲外面，他褲子裏也裝滿了錢，走路都不方便了。

村裏有個大戶人家，有個老閨女沒嫁掉。那家看中我太爺能幹勤快，人也高高大大、結結實實，相貌還頂俊，願意把閨女嫁給他。他就正式下了聘，那家也陪了好一份嫁妝。他就在吳村買地蓋房、租地種田；農閒的時候，照舊給人家砌灶，就這樣在吳村安家落戶了。

他們生了三個兒子，娶了三房媳婦，有沒有閨女，不知道了。我爺爺是大兒子。我奶奶是個病包兒，一雙小腳裹得特小。她頭胎生了一個兒子，就是我爹。她沒有再生第二胎。我爹是一九一六年生的，屬龍。我媽小一歲，屬小龍。二爺爺只生女兒。我二奶奶是村裏的接生婆。人家生了女的，不要，就叫二奶奶給淹死在馬桶裏。有的孩子不肯死，二奶奶就壓上一塊磚。她作孽太多了，冤鬼討命了。她盡生女的，生了就死，只養大一個。三爺爺娶了三奶奶，生過一男二女。日本鬼子到了我們村上，殺人放火，好多人家房子給燒了。我家也燒了。後來我家在原先的地基上蓋了新屋。我爺爺還住最前面的一進；二爺爺把他家屋基往西挪挪，東邊讓出一溜地，他在東頭另開了一個朝東的小門。三爺爺早死。我二爺爺管家很嚴。三奶奶的房子在二爺爺後面，出出進進只可以走我們家的大門。

我媽生過多少孩子，她自己也記不清。有的沒養大，有的送人了。我姊大我五歲，叫招弟。她招來一個弟弟送人了。那時候，我爹逃出去打游擊。我爺爺身胚子弱，他名下的田，都讓我二爺爺種了。三爺爺的地也讓我二爺爺種，三爺爺的兒子還小呢。每年二爺爺給爺爺奶奶一份糧，也給三奶奶家一份糧。三奶奶家倒是夠吃的，我們家可不夠，因爲我爹常回家，衣服要縫縫補補，他還帶了同夥來吃飯。我媽媽做飯，老是乾一頓、稀一頓，省下米來供我爹吃飯。

徽州人出門做生意的多。做生意的都有錢。有個生意人問我媽要招弟姊招來的那兒子。我媽想，自己家裏吃不飽，他家要兒子，是有錢啊。家住城裏，有吃有穿，長大了還可以上學，媽就把兒子給掉了。爹不管家裏的事。我家牆上有個缺口，爹常夜裏翻牆回家，還開了大門請同夥吃飯。同夥有一個女的，戴著個八角帽。我媽不知道她是女人。她就是二奶奶說的狐狸精、掃帚星。她來過好多次呢，我二奶奶告訴了我媽，我媽還不信。這女人姓丁，她比我媽小十一歲，比我爹小十二歲。

我爹是游擊隊長。他會摸碉堡。什麼碉堡我也不懂，只知道摸到一個碉堡能繳獲許多槍枝彈藥，不過很危險。有一次我爹給國民黨狗仔子逮著了，把他拴在梁上。這群狗仔子立了大功，喝酒吃肉慶功。我爹兩手腕子給拴得緊緊的。可是他會使勁把身子撐起來，把胳膊肘子靠在梁上。狗仔子只見他身子懸在空中，不知他直在偷偷啃繩子。他們喝醉吃飽，東倒西歪地睡著了，我爹啃斷了一根繩子，脫出手來，解了另一條繩子，從梁間輕輕落地。可是掛了一天，渾身酸痛，又渴又餓，只會在地上爬了。他爬出屋子，外面的狗就汪汪叫。幸虧他連爬帶滾，滾落在一個溝裏，終究逃出來了。

我家經常有人來搜查。可是我爹總不在家。我爺爺頂老實，膽兒最小。他和我媽都是最本分的。我爹幹什麼，他們都不知道。街坊都說，「這『木奶奶』

知道什麼呀！」我媽是有名的「木奶奶」，因爲她腦筋慢，性子犟，就像木頭。我媽家務事還是很能幹的，特愛乾淨，做事也勤快。

我是一九四九年正月底生的，屬牛，因爲還沒到立春呢。我們農村都用陰曆，都說虛歲。我爹是解放以後敲鑼打鼓回村的。他就做了村長，又兼做村裏的小學校長。當時我媽已經懷上我弟弟了。我爺爺奶奶原先睡在我媽房間對面的正房裏。爺爺最老實，怕他的兒子。爹回來了，一回家就帶一大幫人。爺爺說，我爹客人多，沒個會客的地方，就把臥房讓出來，給爹會客。他老兩口子住了西廂房。正房中間一間是吃飯的。灶，就在媽媽正房前的東廂房旁邊。我爹從前回家翻牆出入，當了村長就不好翻牆了。他白天總在外邊吃飯，晚飯多半家裏吃，總帶著一夥同事。晚飯以後，同事散了，爹就悄悄出門。我媽後來知道，那姓丁的女人不知在哪兒藏著，爹每晚到她那兒去。我姊會討好爹，晚上給他關大門，清早給他開大門，有時是虛掩著大門

爹要是不出門，晚上就用門閂打媽。我媽只是護著自己的大肚子。我才兩歲，看見爹打媽，就趴在媽媽大肚子上護媽媽，爲此也挨了爹的門閂。門閂打

得很痛。我大了才知道是那姓丁的要我爹逼我媽在休書上按手印。媽媽死也不肯。她後來告訴我：「我一人回娘家，總有口飯吃，可我總不能拖男帶女呀！我要是把你們拋下，你那時候像個大蜻蜓，臉上只有兩隻大眼睛，細胳膊細腿，一掐就斷。弟弟小，你們兩個還有命嗎？」

我剛出生就得了咳嗽病，咳得眼角流血。我吃媽媽的奶，吃了四個月，長得胖乎乎。爹有個戰友，夫妻不會生孩子，就要我做女兒。爹答應了。他們特地請城裏念書人給起了名字，叫秀珠。媽嫌珠子珍貴，小孩兒名字越賤越好。她只叫我秀秀。爹的戰友還爲我做了新衣；換上新衣，就把我抱走了。

我媽呆呆地坐著發愣。二奶奶說：「又給人了，這一給就一輩子看不見了。」我媽給掉了姊招來的弟弟，大概老在惦記。這回經二奶奶一提醒，她不幹了，二話沒說，抬身就往碼頭趕。戰友夫妻是乘輪船回家，男的已經上船，女的抱著我正要上船。我媽從她手裏把我搶了過來，回身就跑，一口氣跑回家。我是媽這樣搶回來的。

我媽睡的房，不朝東開窗，因爲外邊是荒地。可是窗子總得有一個，不朝東就朝北。北面是我二爺爺的房。爹打媽，二爺爺那邊全看得見。二爺爺看不過了。他很生氣。他說我爺爺從小嬌養，身子弱，他不爭氣也罷了。我爹精精壯壯的好漢，迷上了狐狸精，又是個不爭氣的。他就找我大舅二舅想辦法。我大舅二舅都怕村長，只說，等我媽生下孩子，我媽回大舅家。可是生了孩子還得餵奶，不能生了就走啊。爹是村長，人人都看著他呢，總不能一人養兩個老婆。我媽咬定她不另嫁人，也不回娘家，她一個人過。二爺爺就做主了，叫把媽的兩間東廂房還帶著個柴間劃歸我媽。東廂房的門是向院子開的，柴間的門也向院子開，廂房和正房是通連的。二爺爺和爹說好，把通正房的門砌死，向院子開的東廂房門也砌死，另向東邊開一扇出入的門。柴間的門就不堵了，由媽媽關上就行。商量停當，媽媽就在休書上按下了手印。砌兩個小門、開一個小門費不了多大功夫。我媽搬家省事，只從屋裏搬，不用出門。我的姊，還住爺爺奶奶的西廂房盡頭靠近大門的屋裏。她跟爺爺奶奶一起跟爹過。

我聽媽媽講，那姓丁的進門是晚上，好熱鬧呀。我弟弟還沒生呢，我會走了。媽媽開了柴間的一縫門看熱鬧。爹脖子上騎著個男孩子，媽說是和我一般大小，姓丁的抱著個女孩子叫小巧貞，還有許多趕熱鬧的人，大概在外面擺酒了。我爺爺奶奶關了門沒出來。

我家東向的小門外是大片荒地，荒地盡頭是山坡。大舅家在山坡上，離我家不遠。我媽生弟弟，大舅媽常來照顧我媽。二爺爺每月給媽媽一份柴米。弟弟斷奶後，我媽在門外開荒或上山打柴。賣了錢就買點豬油，熬了存在罐子裏。她每天出門之前煮一鍋很稠的粥，我和弟弟一人一碗，我們用筷子戳下一小塊豬油放在粥裏，攪和攪和就化了。粥和油都不熱，豬油多了化不開，所以我們吃得很省。

我四歲那年春天，不知生了什麼病快死了，差點兒給扔到河裏去餵魚了。我們鄉下窮人家小孩子死了，就用稻草包上，捆一捆，往河裏一扔。你要是看見河裏浮著個稻草包兒，密密麻麻的魚鑽在稻草包下，那就是在吃那草包裏的餡兒呢。

我媽用稻草橫一層、豎一層攤了兩層，把我放在稻草上，柴間的門是朝西向院子開的，大河在我家西邊。兩層稻草合上，捆一捆，我就給扔到河裏去了。我奶奶說，好像還有氣兒呢，擱在院子裏曬曬，看能不能曬活。白天曬，晚上就連稻草一起拉到屋簷下晾著。曬了三天，我睜開眼睛了。我揀回了一條小命。

我爹有一次在家吃魚，是誰送了很多魚吧！爹忽然想到了我和弟弟，叫人來我家叫我和弟弟過去吃魚。我五歲，弟弟三歲。我們各自拿了自己的小木碗。「丁子」（我從來不叫那姓丁的，背後稱她「丁子」）夾給弟弟一塊魚，把筷子使勁往小碗一戳，小木碗掉地下了。丁子隨手就打了他一下。我拉著弟弟揀了小木碗回身就往家跑。爹叫人過來喊我們回去，我閂上了門。我在門裏喊：「我們不吃魚！臭魚！臭魚！」

我們村裏，白天家家都開著大門。我一老早就出門溜達。所有認識的人家我都去。見了人也不理，問我也不說話。誰瞪我一眼，我回身就跑了。所以大家管我叫呆子。我媽漸漸身體虧了，常在家。有一天，我到二爺爺家，他正在吃飯，夾給我吃一塊肉。我含著肉忙往家跑，把含的肉吐給媽媽。媽媽舔了舔，咬下半塊給弟弟吃，留下半塊給我吃了。這是我第一次吃肉。可是肉什麼滋味，我沒吃出來。

我爹做了村長，家裏好吃的東西多著呢。院子裏繫上一根繩子，繩子上掛滿了魚呀、肉呀、雞呀，都是乾的。丁子進門那夜，沒請爺爺奶奶出來見面。爺爺奶奶就不理丁子。丁子吃飯就不叫他們，讓他們吃剩飯剩菜。我奶奶是啥事也不管的，有剩飯剩菜，不用自己動手，就吃現成的。我爺爺最老實，可脾氣最大，最愛生氣。生了氣只悶在肚裏。有一天他特地過來看我媽，叫我媽偷點魚、肉和雞，給他做一頓好飯。丁子每天上班，我媽等她出了門，就拿了一把大剪子，剪些雞翅、雞腿和乾肉，又拿了些魚，給爺爺做了一頓好飯。我奶奶吃了些剩飯剩菜，正在外邊屋裏，跟幾個老媽閒聊。我爺爺一人吃完飯，就拿了一條繩子，搬個凳子，爬上去把繩子拴在梁上，把繩子套在脖子上，把凳子蹬翻了，可他還站著。

我很奇怪，就叫奶奶了。我說爺爺掛在繩子上，爺爺踢翻了凳子，爺爺還照樣兒站著。說了幾遍。和奶奶一起閒聊的老太太說：「你們呆子直在嚷嚷什麼呢？看看去。」她們就過來了。一看爺爺吊在西廂房外間，大家都亂了，忙叫人來幫忙，把爺爺解下來。二爺爺也過來了。我爺爺已經死了。桌子上還有剩菜呢。我是看著他上吊的。當時很奇怪怎麼沒有凳子，他還能站著。

我奶奶病倒了。我姊不肯陪奶奶睡。媽就叫我過去陪奶奶睡。奶奶叫我「好孫子，給奶奶焐腳。」奶奶一雙小腳總是冰冷的。我弟弟大了會自己玩兒了。我常給奶奶端茶端飯。有一次，我趁丁子轉身，就抓了一大把桌上的剩菜給奶奶吃，奶奶忙用床頭的一塊布包上，她吃了一點，說是蝦，好吃，留在枕頭邊慢慢吃。

我奶奶的大腿越腫越大，比她的小腳大得多，她只能躺著，不能下地了；拉屎撒尿也不能下床。她屋裏有個很大的馬桶，我提不動。馬桶高，我只能半拉半拖，拉到床前的當中，我就把奶奶歪過來，抱住她一條腿，扛在肩上，又抱住另一條腿，扛在另一個肩上，奶奶自己也向前挪挪，坐上馬桶。奶奶老說：「好孫子，這辦法真好！」可是馬桶蓋上了蓋，留在床前，奶奶嫌臭，說她覺得心裏翻跟斗。我使勁又把馬桶拉遠些。這個馬桶很大，能攢不知多少屎尿，我拖著拉著就是重，卻不翻出來。

有一天，我奶奶都沒力氣說「好孫子，給奶奶焐腳」了。我抱著她的腳睡，從來焐不熱。這天睡下了，醒來只覺得奶奶的腳比平常更冷了，而且死僵僵的，一推，她整個人都動。我起來叫奶奶，她半開著眼，半開著嘴，叫不應了。我嚇得出來叫人了，奶奶死了。

我爹成天在外忙，總老晚才回家。丁子那邊並不順當。和我同歲、騎在爹脖子上進門的那男孩出天花。丁子說，天花好不了，還得過人，裹上一條舊席子，叫人揹出去在山腳下活埋了。埋他的人不放心，三、五天後又從土裏扒出來看看。我沒去看。看的人都說，他鮮亮鮮亮，像活人一樣。大家都說，別是成了什麼精怪吧，反正已經死了，就把他燒了。

小我一歲的小巧貞也是生病，不知什麼病，這也不吃，那也不吃，還鬧著要吃鮮果子。丁子氣得搧了她一個大巴掌，她就沒氣兒了。丁子說，小孩子不興得睡棺材，找了個舊小櫃子當棺材，把櫃門釘上，讓人抬到山崗野墳裏，和另外幾口棺材一起放著，等一起下土。抬出門的時候，我正騎在我家大門的門檻上。我沒起身，只往邊上讓讓。我好像覺得櫃子裏的小巧貞還在動。我沒敢說，我怕丁子打。過些時候，傳說小巧貞的櫃子翻身了。有人主張打開看看。我特意跟去看了。小巧貞兩腿都蜷起來了，手裏揪著一把自己的頭髮。她準是沒死，又給丁子活埋了。我媽媽歎氣說：「親生的兒女呀，這丁子是什麼鐵打出來的啊。你們兩個要是落在她手裏，還有命嗎？」不過丁子又懷上孩子了，肚皮已經很大了。

一九五七年秋天，我九歲，我們村子破圩了，就是水漲上來了，屋裏進水了。大舅家也進水了。大舅帶了我媽媽一家三口，還有許多人家，都帶些鋪的、蓋的、吃的，住到附近山上去。可是山裏有狼，有一家小孩夜裏給狼吃了，只吃剩一隻腳，腳上還穿著虎頭鞋呢。大家忙又往別處逃。大舅勸我媽回村，因爲爹做校長的小學在村子北邊兩里地外，地高沒水。大舅就和我爹說好，讓我家三口住在食堂旁邊堆雜物的小屋裏，自己開伙。我們就揀些食堂的剩菜剩飯過日子。吃食堂得交伙食費。

我看見學生上課，眞羨慕。我姊認丁子做媽，也叫她「媽媽」，我說她不要臉，吃了媽的奶長大的，肯認丁子做媽！可是她就一直上學啊！她小學都畢業了。我直想在課堂裏坐坐，也過過癮。可我就是上不了學。我對媽說：「你讓我爹的戰友帶走，我進了城，也上小學了。」媽說：「秀秀呀，你記著，女人的命只有芥子大，你進了城，準死了，還能活到今天嗎？」

我有個叔伯哥哥叫牛仔子，爹很喜歡他，他專會拍馬屁，常來我家幫忙，他在學校裏工作。一次，食堂蒸了包子。我從沒見過包子。牛仔子站在籠屜前吃包子呢。我挨著牆，一步一步往前蹭，想看一眼。吃不到嘴，能看上一眼也解饞啊。這牛仔子眞渾。他舉著個包子對我揚揚，笑嘻嘻地說：「你也想吃嗎？哼！」他把包子自己吃了。我氣得回身就跑。媽說：「你站著等，爹會給你吃。」我說：「媽呀，我從來不敢看爹一眼。路上碰見，我趕忙拐彎跑了；要是沒處拐彎兒，就轉身往回裏跑。」我恨他。我長大了問媽恨不恨爹，媽歎口氣說：「他到底是你們的爹呀。」她不恨。

餓死人的時候我十歲了。我看見許多人天黑了到田裏偷穀子。我就揀了媽沒用的方枕頭套跟在後面。我人小，走在田裏正好誰也看不見我。我就跟著偷。有的幹部把袖管縫上，兩袖管裝得滿滿的。我等他們轉背，就從他們袖管裏大把大把抓了穀子裝在枕套裏；裝滿了，我抱不動，拖著回家。我找一塊平平的大石頭，又找一塊小石頭。把穀子一把一把磨，磨去了殼兒，我媽煮成薄湯湯的粥。那時候，誰家煙筒裏都不准冒煙的。我家煙筒朝荒地開，又開得低，夜裏冒點兒煙沒人看見。爹也還照顧我們，每天叫姊帶一兩塊乾餅子回來。我姊逼我偷，我不偷她不給吃餅。可是我一天不磨穀子，一家人就沒粥吃。媽媽把稀的倒給自己和我，稠的留給弟弟。有一次很危險，我拖著一枕套穀子回家，碰上巡邏隊了。我就趴在枕套上，假裝摔倒的。巡邏隊誰也沒看我一眼。他們準以爲我是餓死的孩子，誰也沒踢我，也沒踩我。我二舅是餓死的。他家還有一隻自己會找食的雞。二舅想吃口雞湯，二舅媽捨不得宰，二舅就餓死了。

我也賺工分。可是姊老欺負我。抬水車，她叫我抬重的一頭。她抬輕的一頭。我十三歲，弟弟十一歲，給人家放牛，一年八十工分。家裏沒勞動力，有人做媒讓我姊姊招親，招了一個剃頭的。剃頭很賺錢。他不是我們村上人，這剃頭的長相不錯，我姊願意了。他是招親，倒插門，幫我家幹活兒的，不用彩禮。可是招親才一年，我姊就和他雙雙逃走了。我媽四十七歲得了浮腫病，不能勞動了。那年我十四歲，只是最低的一等工，工分是八分五。我拾雞屎，也能掙工分，養了雞賣蛋，也能掙錢。我家大門口有棵梔子樹，梔子花開，又肥又大，我每天一清早採了花，擺渡過河到集市上去賣。我寧可少掙錢，只求賣得快，一分錢一朵，賣完就回家賺工分。

圩埂的西邊有個菱塘。長的是野菱，結得很多。菱塘不大，可是有幾處很深。我看見近岸的菱已經給人採了。我悄悄地一個人去，想多採些，也可以賣錢。我頂了個木頭的洗澡盆去採菱。盆不大，可我個兒小，也管用了。我採了很多菱，都堆在盆裏，一面用手划水，一面採。那年秋老虎，天氣悶熱，忽然一陣輕風，天上吹來一片黑雲。黑雲帶來了大風大雨；風是橫的，雨是斜的，雨點子好大唷，我盆裏全是水了。我正想攏岸，忽然一陣狂風把我連澡盆兒颼翻。幸虧澡盆反扣在水面上，沒沉下去。我一手把住澡盆的邊，一手揪著水面的菱葉往岸邊去。我要是掉進菱塘，野菱的枝枝葉葉都結成一片，掉進去就出不來了。前兩年有個和我玩的小五，掉入菱塘淹死了。我想這回是小五來找我了吧。虧得我沒有沉下去，大風只往岸邊吹，我一會兒就傍岸了。我從水裏爬出來，就像個落水鬼。採了許多菱全翻掉了，頂著個澡盆水淋淋地回家。我媽知道我是去採菱的，她正傻坐著發愣，看見我回去，放了心說：「回來了！我怕你回不來了呢！」我媽就是這麼個「木奶奶」。她就不出來找找我，或想辦法幫幫我，只會傻坐著呆呆地發愣。

我跟著送公糧的挑著公糧上圩埂。我看他們都穿草鞋，我也學著自己編草鞋。先編一個鼻子，從鼻子編上鞋底，再編襻兒，穿上走路輕快。我自己做一條小扁擔，天天跟著大人上圩埂送公糧。可是年終結賬，我家虧欠很多工分。我才十四歲，一家三口靠我一人勞動，哪行啊！我站在公社的門口嗚嗚地哭。旁人看不過，都說，該叫我姊分攤。他們就派我姊分攤了。過了三兩年，我養豬掙了錢，我姊還逼著把我借的錢照數還清，一分也不讓。

公社有了文工團，唱黃梅戲也賺工分。我學得快，學戲又認了字。我嗓子好，扮相好，身段也好，盡演主角。頭一次上臺，看見眼前一片黑壓壓的人，心上有點怯怯的。台下幾聲喝采，倒讓我壯了膽。以後我上臺，先向台下掃一眼，下面就一聲聲喝采。我唱紅了。下戲只聽大家紛紛說：「這不是鄧家那呆子嗎？倒沒餓死！眞是女大十八變！」有人說我一雙大眼睛像我爹，我爹大眼睛，很俊，可是我不願意像我爹。我媽從沒看過我演戲。不過唱戲的工分高。這段時候我家日子好過了。

接下就是一九六六年的文化大革命了。我爹成了黑幫，那個牛仔子是爹的親信。他要劃清界線，說了我爹許多不知什麼話。那丁子是早有婆婆家的。花花紅轎抬到她家門口，她逃出去打游擊了。這是我爹一份大罪，公憤不小。我爹給活活的打死了。丁子剛生了另一個女兒，也挨鬥了，可她只挨鬥。

我們不唱黃梅戲，唱樣板戲了。我還做主角。我已經識了不少字。我抄唱段，也學會了寫字。可是我媽上心事，媽媽說：「你爹走了，我也不用再爲他操心了。只是你，唱戲的死了要做流離鬼。」什麼是流離鬼，我也不知道。我叫媽媽放心，我只是要掙錢養家。只要能掙工分，就不唱戲。媽說，給你找個人家，你好好地嫁了人，媽也好放心。我說，好，你找個好人，我就嫁人，不唱戲。

那年冬天，我和一夥女伴兒同在曬太陽，各自端著一碗飯，邊吃邊說笑。忽聽得雙響爆仗。大家說：「誰家娶親呢，看看去！」一看，不是別家，就是我家。我進門，看見大舅和一個客人剛走。原來媽媽給我定了親。姓李，住大舅那邊村上，大舅做的媒，說這李家就是家裏窮些，沒公沒婆，這人專幫人家幹活，頂忠厚，高高大大，生得壯實，人也喜相，媽媽看了很中意。定親的彩禮沒幾件，都在桌上呢。

我大舅媽也是餓死的。大舅是裁縫，幹的是輕活兒，沒餓死，不過也得了病，眼睛看不清了，不能再幹裁縫那一行了。他會寫寫賬，幫著做買賣，日子過得還不錯。他沒有老伴兒了，就搶了一個。我們村上行得搶寡婦。我大舅有一夥精精壯壯的朋友，知道有個很能幹的新寡婦，相貌也不錯，乘她上墳燒紙就把她捆了送到我大舅家。這寡婦罵了三日三夜，罵也罵累了，肚子也餓得慌，就跟了我大舅。我們村上女人第一次出嫁由父母作主，再嫁就由自己做主。這是搶寡婦的道理。沒想到我這個舅媽，特會罵，罵起人來像機關槍。我們就叫她機關槍，她別的也不錯，就是罵人太厲害。她從來不管我家的事。

我們未婚夫妻也見過面了。我叫他李哥，他叫我秀秀。我們有緣，我李哥借了大舅家一間房，我就過門做他家媳婦了。沒想到機關槍不願借房，我們天天挨機關槍掃射，實在受不了，沒滿一個月，我就回娘家了。

我說：「媽，你有兩間廂房，北頭一間小的，你一人住。弟弟已經住到姊住的那邊去了。連柴間的廂房大，租給李哥吧。我們寫下契約，按月付租錢。住得近，好照顧你，也免得我掛心。」

媽媽說：「哪裏話，你們住回來，我高興還來不及，怎能要租錢呢！快回來吧！」李哥還是寫了租約。我們就和媽媽住一起了。好在我也沒嫁妝，說回家就回家了。我們和媽緊緊湊湊地生活在一起，又親熱，又省錢，我現在回頭看，我這一輩子，就這幾年最幸福，最甜蜜。想想這幾年，我好傷心呀。

老李孝順媽。他人緣特好，二爺爺二奶奶都喜歡他。我弟弟愛玩兒，他名下的地，就叫老李種。連丁子都討他好，丁子還沒嫁人呢。三奶奶的兒子投軍當了解放軍，女兒都嫁了軍人，三奶奶只一個人過，也喜歡這個老李會幫忙。

我連生了一男一女，大的叫大寶，小的叫小妹。我就做了結紮，不再生育。我們一直擠在那兩間西廂房裏。可是人口多了，開門七件事，除了有柴有米，前門種菜，我又養豬養雞，可是油、鹽、醬、醋、茶，都得花錢。一家子吃飽肚皮，還得穿衣，單說一家老少的鞋吧，納鞋底就夠我媽忙的。五口人的衣服被褥，倆孩子日長夜大，鞋襪衣褲都得添置。棉衣、棉褲、衣面、衣裏、棉絮都得花錢。大人可以穿舊衣服，小孩子可不能精著光著呀。大冬天光著兩條腿沒褲子的只有我呀，我是個沒人疼的丫頭；我們小妹人人都寶貝，她比大寶還討人愛。可是錢從哪兒來呀？我們成天就是想怎麼掙錢。

老李是信主的，他信的是最古老的老教。我不懂什麼新教老教，反正老李信什麼主，我也跟著信。我就交了幾個信主的朋友。有個吳姊曾來往北京，據她說，到北京打工好賺錢，不過男的要找工作不容易，不如女的好找，一個月工錢有二十大洋呢。不過北京好老遠，怎麼去找？

一九七二年，吳姊說，她北京的乾娘託她辦些事，也要找幾個阿姨。吳姊已經約了一個王姊，問我去不去。我天天只在想怎麼掙錢，就決定跟她同到北京找工作去。那年我二十二歲，我的小妹已經斷奶了。我問姊借錢買了車票，過完中秋節，八月十八日，三人約齊了同上火車。老李代我拿著我四季衣衫的包袱，送我上車。他買了月臺票，看我們三個都上了車，還站著等車開。車開了，他還站著揮手。我就跟老李哥分別了。

我心裏好苦，恨不得馬上跳下車跟老李回家。我沒有心痛病，我明明知道我不是眞的心痛，可是我眞覺得心痛呀，痛得很呢。路上走一天一夜，我們是早飯後上的車。第二天，大清老早到了北京。我和王姊幫吳姊拿了她爲乾媽帶的大包小裹一同出站，乘電車到了西四下車，沒幾步就到東斜街了。

乾媽正在吃早點。王姊送上一包柿餅、一包橘餅做見面禮。我幸虧連夜繡了兩雙鞋墊，忙從衣包裏掏出來送乾媽，說是一點心意。乾媽倒是很欣賞，翻過來翻過去細看手工，誇我手巧。她請我們在下房吃了早點。乾媽是這家的管家。她和吳姊口口聲聲談馬參謀長，大概是他要找人。乾媽和吳姊談了一會，就撇下我們忙她的事去了。吳姊說：「乾媽一會兒會和馬參謀長通電話，約定飯後帶咱們幾個到幾家人家去讓人看看，隨他們挑選。馬參謀長是忙人，約了時間一分鐘也不能耽擱。他住東城，咱們趁早先到東城。你們在村裏只見過教頭，我帶你們到東交民巷的天主堂去見見徐神父，看看教堂。然後我替乾媽就近請你們倆吃頓飯，馬參謀長住那不遠。乾媽還吩咐我們別忘了帶著自己的包袱。」

徐神父已經做完彌撒，正站在教堂前的臺階上。他很和氣，問我們是否受過洗禮。我們都沒有。徐神父讓我們進教堂，我也學著他蘸點聖水上下左右劃個十字，跪一跪，然後跟他到教堂後面一間小屋裏，徐神父講了點兒「道」，無非我們祖先犯了罪，我們今生今世要吃苦贖罪，別的我也不懂。徐神父給了我一個十字架，就像他身上掛的一模一樣，又給我一本小冊子，上面有天主經、聖母經、信經等等，還有摩西十戒。王姊不識字，只得了一個十字架。徐神父特意囑咐我們：「你們是幫人幹活的，不能守安息日；信主主要是心裏誠，每天都別忘記禱告；你們禱告的時候，天主就在你們面前；望彌撒不方便不要勉強，禮拜天照常得幹活兒。」他還一一爲我們祝福。我受了祝福，覺得老李和我是一體，也有份兒，心上很溫暖，心痛也忘了。

我們準時去見了馬參謀長。他很神氣，不過也很客氣，沒說什麼話，立刻帶我們三個坐了他的汽車出門，他自己坐在司機旁邊。吳姊跟我和王姊說：這年頭兒不比從前了，誰家還敢請阿姨呀，下幹校的下幹校，上山下鄉的上山下鄉。找阿姨的，只有高幹家了；他們老遠到安徽來找人，爲的是不愛阿姨東家長、西家短的串門兒；你們記住，東家的事不往外說，也不問。只顧幹自己的活兒；活兒不會太重，工錢大致不會少。

我們最先到趙家，他們家選中了我。講明工錢每月二十五元，每年半個月假。工作是專管一家七口的清潔衛生。馬參謀長問我幹不幹？工錢二十五元，出於意外了，我趕忙點頭說願意，趕忙謝了馬參謀長，他們就撇下我到別家去了。

還中我的是這家的奶奶和姑姑，還有伺候奶奶的何姨。我由何姨帶到她的小小臥房裏，切實指點我的工作，也介紹了他們家的人。奶奶是高幹的女兒，她不姓趙。姓趙的是女婿，姑姑的丈夫。他們倆都有工作，不過姑姑病休，只上半天班。姑姑是當家人，大姊、二哥、三妹、四妹都上學呢。等吃晚飯時，帶我見見。他們家有門房，有司機，有廚子，我的工作是洗衣服，收拾房間。

洗衣機有，可是除了大件，小件兒不能同泡一盆，都得分開。男的、女的，上衣、內衣、褲衩兒、手絹、襪子不在一個盆裏洗，都是手洗，襯衣得熨。她帶我看了各人的房間，又看了吃飯間，說明午飯、晚飯幾點吃，飯間也歸我收拾，洗碗就不是我的事了。奶奶的三間房由何姨收拾。奶奶的房間，不叫我，不進去；有客人，自覺些，走遠點。她又帶我看了洗衣、晾衣的地方，又說了綢衣不能曬，然後把我領到我的臥房裏，讓我把掖著的衣包放下，她自己坐在床前凳上，叫我也坐下，舒了一口氣說：「李嫂，我也看中你，希望你能做長。」我裝傻說，「不能長嗎？」何姨笑笑說：「各人有各人的脾氣，你摸熟了就知道。四妹和三妹同年同月生，不是姑姑的。她媽沒有了，小四妹是奶奶的寶貝疙瘩。小四妹哭了，姑姑就要找你的茬兒了。懂嗎？」她叫我先歇會兒，晚飯前，趕早把那一大堆髒衣服洗了，家裏兩天沒人了——就是說，前一個阿姨走了兩天了。

我那間臥房倒不小，只是陰森森地沒一絲陽光，屋前有棵大樹給擋了。我有點害怕，就把徐神父給的十字架掛在床前，壯壯膽。偷空給老李寫了信，信封是他開好封面的，郵票都貼上了，信紙也是折好放在信封裏的。晚飯前何姨告訴我，吳姊她們都找到工作了，工錢都是二十二元，也算不錯的。吳姐給我留下了電話號碼。

好容易盼到第一個月的工錢，我寄了二十元，留下五元自己添置些必要的東西。這一年可眞長啊，老做夢回家了，夢裏知道是做夢，自己擰擰胳膊就醒了；醒了又後悔，可是夢不肯重做了。幸虧老李來信說，日子好過了，不用愁了，車票的錢還了，冬天大寶小妹的新棉衣褲都有了。

一個月一個月盡盼著工錢，寄了家用錢心上好過幾天。這一年熬過來眞不容易。姑姑看見了我的十字架，她頂心細，告訴我西城也有教堂，禮拜天我可以去。我去過兩次，聽不懂神父講的「道」，就不去了。到第二年過了中秋節，我有半個月假，吳姊沒有。我一個人回家了。老李來接，我看他蒼老了不少，人也瘦了，一身酒氣，說是睡不著覺，得喝醉了才能睡。他只喝最便宜最凶的酒。我心裏疼他，想不出去吧，又少不了每月的二十五元錢。這一年來，家裏才喘過一口氣呀。

這第一個假期，還是我最快樂的假期，雖然家裏的事，說起來夠氣死人的。我爲弟弟定下的好一門親事，我姊給退了，說那姑娘矮，弟弟是個瘦長條兒，配不上。她另外找了一個花騷的，看來是輕骨頭。我不在家，媽都聽姊的話了。她們正爲弟弟操辦喜事呢。新房就是姊從前住的房。丁子已經帶了兩個女兒跑了，可是正房還沒騰出來。

第二次又是過完了中秋節回家，老李還是不見好，走路瘸呀瘸的，說是酒後睡熟著了涼，不知得了什麼病。我碰到文工團的朋友，他們歡迎我回去。可是我媽怕我做流離鬼，我們鄉裏唱戲的，有幾個確也聲名不好。我不能爲老李留下不走。一個月二十五元錢呢！這年還加了節賞。我勸老李喝酒就喝好一點的，有病瞧瞧大夫。

我弟弟從小貪玩，大了好賭，十賭八贏。成了親，小倆口打架，那花騷娘子就跑了，沒再回來。我弟弟就成了個賭棍。我跟弟弟講：我十歲偷米偷豆養活他，我十四歲他放牛，我一人賺工分養活他和媽；我說賭錢有贏也有輸，贏得輸不起的別賭。我弟弟贏了錢正高興呢，我的話他一句不聽。這次回北京，我眞像撕下了一片心；這一年，眞比兩年還長。夏至左右，老李來信，家裏又出事兒了。剃頭的姊夫又逃走了，撇下姊和三個兒子，還欠兩個月的房租，剃頭家具都帶走了，只剩一只剃頭客人坐的高椅子，還有些帶不走的東西。我姊能幹，把剃頭店盤給了另一個剃頭的，還清了賬，帶著三個兒子回娘家了，她也想到北京來找工作呢。三個兒子幫著種地，剃頭的是倒插門，兒子姓我家的姓，都姓鄧。媽很樂意，說她有了親孫子了。

第三次回家，趙家讓我回家過中秋，我特爲老李買了一瓶好酒。可是老李來信說，他已經戒酒了，身子硬朗了，沒病了。我想好酒送二爺爺吧。趙家給了節賞又提前兩天放假，我來不及通知老李了，給他一個意外之喜吧，好在我又不用他接，我已經走熟了。

我歡歡喜喜地趕回家，家裏的小門閂著。我們白天是不閂門的，老李大概有了錢小心了。我就從我家大門悄悄進去，從媽媽的柴間進屋，只見老李抱著個女人同蓋在一床被裏呢！他看見我了。我媽的房門虛掩著，我把拿著的東西放在桌上，走進媽的屋，站在她床前，流著眼淚，兩手抱住胸口不敢出聲，一口一口嚥眼淚。媽睡得正香，我站了好一會她都沒醒。我聽見廂房的小門開了，有人出去了。抬起淚眼，看見老李跪在房門口，也含著一包淚。我怕鬧醒了媽，做著手勢叫他起來。我挨桌子坐在凳上，老李傻站著。我指指床，他才坐下，他沒有熏人的酒氣了，很壯健，氣色也好。我歎了一口氣，沒說話。他也怕媽醒，只輕聲說：「秀秀，你是好女人，不懂男人的苦。」我欷欷地流淚，只是不敢抽噎。我嚥著淚說：「李哥呀，是我對不起你了。」老李合著雙手對我拜拜，還是輕聲說，「秀秀，我對不起你，我犯罪了。」他想來拉我，我忙躲遠些。其實，我恨不能和他抱頭大哭呢。可是我別的不像媽，就這愛乾淨像媽。我嫌他髒了，不願意他再碰我了。我問：「她是誰？」老李說：「癱子的老婆。她知道我媽有錢，常來借錢。是她引誘了我，我犯罪了。」癱子是礦工，壓傷了腰沒死，癱在床上好兩年了，這我知道。我對老李說：「我不怪你，也不怪她，可是咱們倆，從此……」我用右手側面在左手上鍘了幾下，表示永遠分開了。老李說：「秀秀，你不能原諒嗎？」我說：「能原諒，可是……」我重又用右手側面在左手心重複鍘。老李含著淚說：「秀秀，咱們恩愛夫妻，從沒紅過一次臉，沒鬥過一次嘴，你就不能饒我這一遭嗎？」我說「不但這一遭，還有以後呢。可是我……」我又流下淚來，只搖頭。老李又要下跪又要摟我，我急得跑出門去了。他追到門外說，「秀秀，你鐵了心了？」我說「老李哥，我的心是肉做的呀，怎能怪你。你還照樣兒孝順我媽，別虧待我們的大寶和小妹，咱們還是夫妻，我照舊每月寄你二十元——只是我問你，你養得活癱子一家人嗎？」老李說：「他們家只一個癱子了，有撫恤金，她女人不是為錢，假裝借錢來勾引我的。我經不起引誘，我犯罪了。秀秀，我現在是一個有罪的人，又不敢和教頭說，怕傳出去大家都知道。可是我良心不安，都不敢禱告了。」我說：「好老李，我到了北京，會代你向神父懺悔。你可得天天祈禱。」我面子上很冷靜，也頂和氣，我們倆講和了。可我心上眞是撕心裂肺的疼呀。我洗了一把臉，把媽叫醒。我把錢交給老李，又把我帶的東西一一交給老李，叫他替我一一分送。好酒送二爺爺。那年小妹四歲，大寶六歲，他們正和我弟弟玩呢。我把他們叫回來，我親了他們，抱了他們，吃的、玩兒的都給了他們。我推說北京東家有急事，當夜買了火車票就回北京了。中秋節回鄉的車票難買，從家鄉到北京的車票好買。我買到了特別快車票，中秋節下午就到北京了。

我不能回趙家，我見了誰都沒臉。中秋節是回家的日子，誰會從家裏往外跑啊！可是中秋節要找阿姨的人家肯定有。我認識一個薦頭，就跑去找她。她正忙著過節呢。她說：「有是有，不過你幹不了，誰也幹不了。是個闊氣的華僑家，要看孩子的，條件沒那麼樣兒苛刻的，又要相貌好，又要能帶孩子，講定一連三年一天一夜也不能離開，工錢面議。面議，我就沒好處了，我白忙個啥！別家也有找替工的，只不過過個中秋節。」我把老李送我的點心送了她，問她要了華僑家的地址，說自己看看去。她忙得連茶也沒請我喝。

我找到了那華僑家。好大的房子！門口問我誰介紹的，有沒有保人。我說當然有，我要和東家當面談。我見到了那家的太太。她把我打量了幾眼，說孩子還沒出院呢，她不愛換人，要找個長期的，孩子得帶到三歲上幼稚園，一天一晚都不能離開。我問工錢多少，她說：「還得上醫院查過身體，還得看孩子喜歡不喜歡你。」我說：「我有事要到東堂去找徐神父，得請半天假，以後就沒事了，我是沒牽沒掛的。工錢至少二十五元。有保人。」

查身體需空腹，我正好空腹，一滴水也沒喝。這位太太讓我換了衣服洗了臉，帶我到醫院去查了身體，沒問題，很健康。看護抱出娃娃來，是個女孩。我對她笑，她還不會笑呢，只伸出小手來抓我，是表示要好的意思。那太太把我帶回家，問了我的姓名，家裏的情況，保人是誰，有沒有帶過孩子等等。她家娃娃吃母奶，可是睡覺跟阿姨。工錢呢，每月三十元，以後慢慢加。我請的那半天假，沒問題。

這天是中秋節，我得了雙份兒節賞。趙家給三十元，這家我第一天去就給了六十元，還給了好多半新的衣裳。我立即給老李寫了信，答應代他找徐神父懺悔，又答應用我的節錢買些好毛線，爲他結一件他羨慕的帶花的上衣。我告訴他地址改了，我照舊月月爲他寄二十元。我們還是夫妻。我以後也打電話辭了趙家。

我先找乾媽和徐神父約好了時候，才請了半天假，見了徐神父。他聽我說完，詫異地看了我半天，說我是個不尋常的女人。他說他也會爲老李求主饒怨，叫我囑咐他天天禱告，主是慈悲的。他還祝福了我們兩人。我寄了這封信就死心塌地在這華僑家一幹就是三年。娃娃送進幼兒院，這家就辭我了。

這次回家，只老李熱情，我兩個孩子都和我生疏了。媽一心只疼親孫子。姊的三個孩子，都結結實實。老李說，姊掙了錢不寄家，我媽有了好吃的，先給親孫子吃，大寶小妹都靠後。三個孩子什麼都爭，老打架，不像大寶小妹兩個要好，一起玩，一起吃，哥哥還知道護妹妹。我只推說，屋裏兩個孩子都大了，我挨著我媽睡了兩晚，又回北京找工作了。從此我只是一個打工掙錢的人，我回家，我出門，他們都不在意了。

老李告訴我，癱子已經死了，癱子的老婆小周認我媽做了乾娘，常過來照顧照顧。老李還和她在一起呢。我也見過這平眼塌鼻的周姨，遠不如我，人還老實。老李心上還是向著我的，只是他不敢親近了。我後悔對老李太絕了些，我並沒有那麼嫌他。徐神父的祝福，是祝我們重圓吧？回想起來，我實在後悔。

老李因爲姊姊不寄家用，三個孩子都吃我，他不幹了。他有朋友在鎮上開飯店，要他幫忙，他就帶了大寶小妹到鎮上。大寶送到製瓿廠做學徒工，小妹上小學。他每次寫信，信尾總帶上一筆「小周問候李嫂」，大概小周也到鎮上工作了。如果我回去，她也許會另嫁人，老李和朋友買賣做得不錯，勸我回去。我拐不過彎兒來，犟著不去。我每年走親戚似的也回鄉，也到鎮上去。老李買了地，蓋了房子。大寶做了工人，工資也不少。他談了一個很漂亮也很闊氣的好姑娘，我爲他們在老李的新屋上加了一層樓。他們成親，我特地到鎮上去受一雙新人叩頭，做了婆婆。老李特爲我留著一間我的房，家具都是老李置的。小妹看中一個裝修專業戶，她還不到結婚年齡，逃到北京同居了，很發財，我自己錢也攢了不少。最後我伺候一個半身不遂的老太太，兒女都在國外，她一個月前去世了，留給我一大筆錢。她去世前對我說：「李嫂啊，你一輩子爲家裏人勞苦，自己吃一根冰棍也捨不得，這回該家去享享福了。」可是我回哪兒去呀？我是苦水裏泡大的，一輩子只知道掙錢，省錢，存錢。現在手裏一大把錢，什麼用呀！幫老李做買賣，我貼了錢，他又貼別人，我不願意。幫兒媳婦看孩子，是沒工錢白吃飯，還賠錢，我不願意。幫女兒看孩子，也是沒工錢白吃飯，還說是供養我呢，我也不願意。回頭看看，一九六八年我十八歲，嫁老李；一九七二年，我二十二歲，到北京找工作。這五年是我一輩子最幸福、最甜蜜的五年。一九七五年我二十五歲，和老李只是掛名夫妻了，現在一九九五年，我也四十五了，中年人了。幫人做事還掙錢，家去只是賠錢。我做阿姨也養嬌了，跟著主人家，住得好，吃得好，帶那華僑娃娃的時候，什麼高級飯館沒吃過？什麼遊樂場沒玩過？什麼旅遊勝地沒到過？我自己可不會花錢，也捨不得。手裏大把錢，我不會花，也不願給人花。當初只爲了每月二十五元的工錢，扔掉了一輩子的幸福，現在撈不回來了。

我已經過了大半輩子。前面一半是苦的：便是那最幸福的五年，又愁吃愁穿，又辛苦勞累，實在也是苦的。後一半，雖說享福，究竟是吃人家的飯，夜裏睡不安，白天得幹活，也夠勞累。我眞是只有芥子大的命嗎？我還是信主的呢。我吃了苦，爲誰贖了什麼罪，只害老李犯了罪，做人好可憐。爲了錢，吃苦；有了錢，沒用。我活一輩子是爲啥呀？

（一九九五年秀秀口述。）

十三　韓平原的命

我不記得在哪部筆記小說裏，讀到一則《楊艮議命》。議的是韓平原的命。韓平原的八字是壬申、辛亥、己巳、壬申。楊艮想必是個星命家。他說韓平原丁卯年壬子月必得奇禍。據筆記：「當時周夢輿在座，謹志之冊，勿敢言。既爾艮言皆大驗。」韓平原就是宋朝的韓侂胄；封平原君，權傾一時。丁卯年壬子月因用兵潰敗伏誅。

十四　良心

二〇〇六年五月二十四日，《新民晚報》登載了一則報導。吉林省延吉市郊農村一對夫婦將十年前撿來的四萬元交給了延吉市公安局，要求公安局爲他們找到失主。我讀後覺得這件眞人實事很說明問題，可用作本文的注釋。我先略述這則報導的梗概，再說我的見解。

一九九六年夏天的一個夜晚，上述地區一位四十九歲的出租車司機把一男一女兩位乘客送到了他們要到達的地點，分文未得，還挨了一頓臭罵。乘客離去後，這位司機發現他們的一大包錢遺忘車上了，數一數，共四萬元。

這位司機是貧困中掙扎求生的可憐人，生平未見過這麼多錢。突然感到很害怕，連老婆也沒告訴。

乘客男女兩人是渾蛋，遺忘了那包錢，怎會不追究呢？四天以後，那男的乘客帶了三個彪形大漢，找到了我們這位司機，不由分說，把他拉上一輛卡車，氣勢洶洶地問他有沒有撿到五萬元錢。又把他帶到當地派出所，對警察說：這司機撿了他們丟的五萬元錢不還。這司機又害怕又生氣，就一口咬定沒有撿到錢，心想：「我要是承認了，哪裏去找他訛的那一萬元呢。」

四萬元對這位司機的誘惑力很大。半年後，警察再次詢問他是否撿到了錢，他再次否認了。

他老婆知道了丈夫撿得鉅款，也害怕了。她沒有工作，又患有肝硬化重症，經常借錢看病。他們有個十四歲的兒子，父母倆總教育孩子要老實做人。可是這老實的夫妻倆得了這筆鉅款，放棄又捨不得；動用吧，良心又不許。

這位爲了維持生活和給妻子治病，賣過豆腐、烤過白薯、賣過血腸、種過菜的出租車司機說：「我什麼都幹過，就是沒撒過謊。平生第一次昧了良心，那種難受勁兒就別提了。」他們夫妻倆天天教育孩子要誠實守信，可是一想到那筆錢，「講著講著心裏就突然沒了底氣」。

這筆錢像一座大山，壓得他們十年喘不過氣來。他們終於把這筆錢交到了公安局，雖然過日子還是艱苦，心上卻踏實了。

他們這十年受道德良心的折磨，就是本文所謂「天人交戰」，也就是靈性良心和私心的鬥爭。他們是樸實的鄉民，沒有歪理。如講歪理，可以說：「失主是欺壓好人、訛詐好人的渾蛋，跟這種渾蛋講什麼道義！我的需要比你大！」他們就可以用來看病了，還債了，生活得寬裕些，這筆錢就花掉了。可是我們這位司機和他的老婆，靈性良心經過長達十年的拉鋸戰，還是勝利了。他們始終沒有昧了良心。他們的行爲感動了警察，說他工作了這麼多年，第一次遇到這等事。也感動了記者，說這對善良夫妻的行爲會讓很多人反思自己，所以應該讓全社會知道。

良心出自人的本性，除非自欺欺人，良心是壓不滅的。

新人間叢書 98
走到人生邊上——自問自答

作　　者—楊　絳
副總編輯—葉美瑤
編　　輯—黃嬿羽
美術編輯—聶永真
責任企劃—黃千芳
校　　對—黃嬿羽

董 事 長—趙政岷
出 版 者—時報文化出版企業股份有限公司
108019台北市和平西路三段二四〇號三樓
發行專線—（〇二）二三〇六—六八四二
讀者服務專線—〇八〇〇—二三一—七〇五．（〇二）二三〇四—七一〇三
讀者服務傳真—（〇二）二三〇四—六八五八
郵撥—一九三四四七二四時報文化出版公司
信箱—10899 臺北華江橋郵局第九九信箱
時報悅讀網—http://www.readingtimes.com.tw
電子郵件信箱—liter@readingtimes.com.tw
法律顧問—理律法律事務所　陳長文律師、李念祖律師
印　　刷—勁達印刷有限公司
初版一刷—二〇〇七年十月八日
初版三十六刷—二〇二四年七月十日
定　　價—新台幣二二〇元
（缺頁或破損的書，請寄回更換）

時報文化出版公司成立於一九七五年，
並於一九九九年股票上櫃公開發行，於二〇〇八年脫離中時集團
非屬旺中，以「尊重智慧與創意的文化事業」爲信念。

走到人生邊上：自問自答／楊絳著. -- 初版.
-- 臺北市：時報文化, 2007.10
面；　公分. --（新人間叢書；98）
ISBN 978-957-13-4738-7（平裝）

855　　96018605

封面字爲楊絳題字

ISBN 978-957-13-4738-7
Printed in Taiwan